“ALOHA”に秘められた ハワイアン・スピリチュアル 5つの智慧

アロハ・エンジェルが導く
パートナーと出会い
幸せになる方法

マナ・カード セラピスト
草野千穂

ARUMAT

古代ハワイの人々は、自然の中に神を見出し、
森羅万象、あらゆるところに目に見えない力が宿っていることを
知っていました。

今、私達は、その力と繋がり、
自分を愛し、許し、本来の自分に戻ります。
些細なことに翻弄される小さな自分から
宇宙の一部である〝私自神〟へ還り、
約束の人と調和の中にくつろぎます。

はじめに

この本を手に取ってくださり、ありがとうございます。

この本は、パートナーを探している人、パートナーと幸せな関係を持ち続けたい人、壊れてしまったパートナーシップを修復したい人など……パートナーをテーマにする全ての人に贈るメッセージです。

〝一生を共にしたいと思える人〟に出会い、その人にときめきを感じ、彼（彼女）の存在が、安らぎ・生き甲斐であり続けたならば、人生はどれほど豊かになることでしょう。

「それは理想だけど実際は難しい」と思われるかもしれません。でも、現実的に可能です。

「古代ハワイアンの叡智」がその方法を私たちに惜しみなく示してくれます。

古代ハワイアンが伝えるパートナーシップの学びは、単なる「カップル円満の秘訣」の枠を超え、〝人と深く関わりつつ、自分も自由〟という本来あるべき姿に戻るための智慧であり、簡単に言えば「自分が幸せ→相手も幸せ→みんな幸せ」になるためのレッスンです。

本書は、パートナーを求めていた主人公が、古代ハワイアンのガイダンスでパートナーと出会い、パートナーシップを通して、気づき、成長していく物語。

古代ハワイアンの智慧によって〝誰かと生きる幸せ〟が多くの人にもたらされますように。

草野千穂

目次

第5章　忍耐

ahonui

本書「見る」の表記は〝観察する〟の意が強いときは「観る」
〝第三の眼（霊眼）を使う〟の意のときは「視る」と使い分けています。

プロローグ〜すべての始まり

ここは、神々の宿る島、ハワイ。

今から二千年も前の頃――。

木々は深い緑で島全体を覆い、川はダイナミックに命を潤す。耳を澄まさずとも聴こえてくる鳥の声。空は虹をたたえ、その色彩に光が飛び交う。目の前に広がる海は、夕焼けに赤く染まっている。

大地を踏みしめる私の足は地球の躍動を捉え、その熱を全身へと駆け巡らせる。もはや私の体は空の器、神と人を繋ぐパイプ。私は祈りを捧げ、穢《けが》れのない森羅万象の中で、自らの生の限り、ただひたすらに踊り続ける。頭上に乗せたパラパライの葉のレイが風にそよぐその音に、パフが奏でるその響きに、私は透明度を増していく。

黄昏に浮かび上がった漆黒の影が、落陽とともに辺りの景色と一体となる。神と繫がった確かな感覚を得た瞬間、至高の只中に身を委ねた次の瞬間、まさかこんなことが起ころうとは、皆目見当もつかなかった。

突然、〝それ〟は起きた。

なんと私は、誰か、違う人の体の中にいたのだった。

「違う人の中にいる？」いや、そうじゃない。

この現象、どう言ったらいいのだろう。こんなことはあり得ない、認めたくない。でも、思いきって言ってしまえば、私は誰かの〝守護霊〟になってしまったようだった。

私の体が透明なのだ！　そして、ぴったり誰か見知らぬ女性の後ろにいる。私がここにいたら明らかにおかしいはずなのに、彼女は私に気づかない。彼女に私は見えないらしい。

この女性は誰なのか。

年の頃は、三十代半ばだろうか。黒い髪に黄味がかった肌、ハワイアンではない。

パニックになりそうな頭、はやる鼓動をどうにかしつつ、私は辺りを見回した。私の視界に入るのは、こざっぱりとした部屋。こざっぱりと言っても、物が少ないからそんな印象を受けるだけで、きれいに整えられているわけではない。その部屋の片隅でその女性はひざを立て、何か書かれたものを見ていた。よくわからない文字がいっぱい……。そして、絵……？　懐かしい我がハワイの景色！　ハワイを通じた繋がりが、きっと私と彼女の間にある。その繋がりを信頼し、私は思い切って、彼女に話しかけてみることにした。

「……アロハ。私の名前は、ケ・アカ・フリ・ラニ。」

その瞬間、彼女は確かに私の声を聞いたようだった。辺りを見回し、誰かを探す様子を示した。私はなおも話しかけ続けた。

「声がするのに誰もいないのは、とても気味の悪いことだと思うわ！　でも、どうか怖がらないで聞いてちょうだい。あなたを怯えさせるつもりはないの。私の名は、ケ・アカ・フリ・ラニ。ハワイのカフナ、神に仕える者……。さっきまで、フラを踊り、神に祈りを捧げていたのだけど、どういうわけか、ふとした瞬間、私はあなたのそばにいた……。もし、私の声が聞こえるなら返事を……名前を教えてちょうだい。」

私は静寂の中、彼女の返事を待った。

「私の名前は……入間…比奈……。」

彼女は答えた。

聞こえてるんだ！　私は、彼女と自分に繋がりがあることを確信した。彼女の姓、イリマは私の故郷に咲き乱れる黄色い小さな花の名前。彼女の名、ヒナはハワイの月の女神の名前。月は陰であり、それは、私の名前に含まれるアカ、影に通じる。名前のシンクロが、私の〝彼女と繋がっている〟という思いが間違いではないと告げているようだった。

「ヒナね。了解。じゃあ、次に、ここがどこで、今がいつなのか、教えてちょうだい。」

私の次の問いかけは、彼女の耳に届いたのだろうか。返事はない。空耳かと疑いつつ答えてみたら、新たな質問がきて、いよいよ気味が悪くなったのかもしれない。

無理もない……と、私が諦めかけた時、彼女の口からか細い声が返ってきた。

「……日本……。二〇一二年十月……。」

二〇一二年？　私は自分の耳を疑った。ハワイと日本では、年数の数え方が違うのかもしれない。二〇一二年だなんてあり得ない。もし、本当に二〇一二年なら、私は自分の暮らしていた世界の二千年後にいることになる。いくら神に仕える身と言えど、そんな神業《かみわざ》ができるはずがない。私には自分の常識の範疇をあっさりと飛び越えたこの事態を理解しようもなく、思考回路がパンクした。けれど、不思議と落ち着いていられた。そして、ただありのまま、二千年先に来てしまったことを受け入れることにした。そうするより他なかったからだ。

それにしても、どうして私は二千年先に来てしまったのだろう？

私の思いは彼女にも伝わるようで、私の混乱する頭に、思いがけず彼女の方から答えをくれた。

「私がお願いしたんです……。私、今悩んでて……。神様、答えをくださいってお願いしたんです……。」

「私は神様じゃないわ。人間よ。」

「……　〝人間だった〟人？」

「……と言うと、私は幽霊ってこと？　もしそうなら、あなたよく平気ね。」

「だって、さっきからなんだか背中の辺りが温かいんです。こんなに柔らかくて温かい感じがするのに、悪い幽霊のはずはないだろうなぁと思って。」

「なるほどね。実際のところ、私、自分が今生きているのか死んでしまったのか、それすらわからないの。ただ、体から抜け出てしまったのは確かみたい。だからやっぱり、あなたの言うように霊体になると思うんだけど……。霊体でもね、ついさっきまではあなたと同じ人間。どうやら、私の時代は今の二千年前のようだけれど、時代が違えど苦楽と共に生きているあなたと同じ人間よ。」

「……ラニさん、どんな姿なんですか？」

「あなたと同じような若い女性。と言っても私はハワイアンだから、あなたより褐色の肌で、黒髪を腰まで伸ばしているわ。まぁ、私のことはともかく、あなたは何を悩んでいたの？」

「今後のことです……。私、もう会社で働いて十二年になるんですけど、このままでいいのかなぁって……。仕事に不満はないけれど、このままずっと一人で仕事を続けていくのかと思うと……。

結婚もしたいけど、相手がいないし……。仕事を変えたら、新しい環境で新しい出会いもあって、何かが変わるかもしれないけど……。でも、仕事を辞めて、新しい仕事が見つからなかったらどうしようとか、こんなことで今の会社を辞めちゃっていいのか……。とか考えていたら、どうしていいかわからなくなって……。とりあえず、気分転換にハワイにでも行こうかなぁって……。で、ハワイ旅行のパンフレットを見てたら、〝ハワイ、神々の宿る島〟って書いてあったから、神様がいるなら、私にどうしたらいいか教えてくださいって思ってたところなんです……。」

彼女の悩み自体はよく理解できなかったものの、彼女の純朴な人生に対するひたむきさは伝わってきて、私は彼女の問いの答えを導く手助けをしたいと思った。

「で、ヒナ、あなたは、どうなりたいの？」
「どうなりたいって……。それはわからないけれど……。とにかく今のままが嫌なんです。普通に働いて生活していれば、そのうち誰か、いいなぁと思える人との出会いがあって、自然に変われると思っていたけど……。十二年そんな生活をしているうちに、待ってちゃダメかも……、私が何か動かなきゃ……。そんな気がしてきたんです……。」

「なるほどね。自分が動かないと何も変わらない。とてもいい心掛けだと思うわ。でもね、環境を変えたってあなた自身が同じなら、新しい場所でまた同じことを繰り返すだけだと思うわ。」

「えっ……じゃあ、どうしようもないんですか。」

「そんなこと言ってないわ。わざわざ環境を変えなくても、自分が変われば環境の方から変わってくれるんだから、むしろ楽でしょ？」

「言っている意味が、全然わからないです……。」

「うーん。ええとね、あなたは知らないかもしれないけれど、宇宙はね、〝現実〟が〝自分の映し鏡〟になっているのよ。あなたの〝波動〟があなたの〝現実〟を創っているの。」

「私の……〝波動〟？」

「そう、波動。人であれ、ものであれ、森羅万象、存在する全てのものは振動しているの。自分の振動数が自分に起こる出来事を決めるの。」

「ごめんなさい……。ますますわからないです……。」

「簡単に言えばね、〝自分の撒いた種が自分に戻ってくる〟ってことよ。自分のしたことばかりではなく、自分の思ったことも含めて全部、自分の撒いた種が形となって自分に戻ってくるってこと。これが宇宙の仕組みよ。」

「……でも、いいことをした人でも、不幸な一生を送っている人はいますよね……？」

「表面的に見たらね。でも、何が幸せで何が不幸せかは、決められないわ。一見、不幸せに見えることでも、魂レベルで視たらそれがベスト。起きるべきことが起きているだけ。他にご質問は？」

「何がわからないか、わからないです……。」

　私は笑った。それは苦笑でもあった。私の直感が正しければ、彼女は私自身なのだ！

　二千年後の私は、生きる指針となる叡智をすっかり忘れているようだった。これはかなりショックな事実である。彼女に叡智を思い出させるのは時間がかかりそうだけれど、〝未来の私〟である比奈、あなたが忘れてしまった叡智を思い出すまで、私がちゃんと付き合ってあげる、そう思った。

現代人が忘れてしまった古代ハワイアンの智慧
パートナーと幸せになる方法とは

私が比奈に伝えた「この世は〝自分の映し鏡〟」、つまり、「現実は、自分で創るもの」は私達ハワイアンが当たり前に知っていること。

透明な風に吹かれ、海の匂いや花の香りを存分に吸い込んで、大地をしっかり踏みしめたら私達は自然と一体になる。宇宙と繋がる。そうなれば、宇宙や大自然が〝地球のルール〟を教えてくれるのだ。

例えば、高い所から落ちたらどうなるか。

いい人・悪い人に関係なく起きる結果は同じだろう。それと同様に、この地球上には人格も地位も名誉も関係のないルールがある。

パートナーシップに於いても然り。

二千年前の私達が知っていて、現代の人々が忘れている〝パートナーシップのルール〟は、それを受け入れ実行したら〝パートナーと最も幸せな関係〟へと誘《いざな》ってくれるものである。

〝パートナーと最も幸せな関係〟は多くの人がイメージするだろう、いわゆる〝ラブラブな状態〟とは限らない。〝好きな人と一緒にいて幸せ〟そういう感情レベルとは別の〝魂同士の交感による深遠な歓喜〟を指す。

〝魂の深遠な歓喜〟がどういうものかは、この物語を読み進むうちに明らかになるだろう。

多くの人がまだ体験していない「最幸のパートナーシップ」を築くため・保つための鍵は〝ALOHA〟。実は、この言葉の中に全て隠されている。

ala
目覚め

lōkāhi
調和

oiāi'o
誠実さ

ha'aha'a
謙虚さ

ahonui
忍耐

気軽に使われる「アロハ」という言葉をひも解くと、〝目覚め〟〝調和〟〝誠実さ〟〝謙虚さ〟〝忍耐〟という言葉が浮かび上がってくる。これらの言葉は一見堅苦しいかもしれないが、これらの言葉が意味するところは実はとてもシンプルで、「最幸のパートナーシップ」への現実的かつ効果的なアプローチだ。

大らかなハワイアンが、自分も相手も、みんなが幸せになるために大切にしてきた智慧。

肉体を持って生まれ出たこの世界、人生を、地に足を付けて楽しむための智慧。

古代ハワイアンの智慧を通して比奈が体験する〝最幸のパートナーシップへの道〟。その物語が今から始まる。

第1章

ala
目覚め

次のステージへの扉

出会い

「ヒナ、人生はね、本当はとてもシンプルなの。迷うことはないわ。さっき言った通り、現実は自分の思考・行動で決まるんだから。善きことを考え、善きことをすればいい。ただそれだけ。」

「〝善きこと〟……って何ですか？」

「正解はないわ。善きことが何かは人によって違うから。でもまぁ、あえて定義するなら〝動機が愛であること。〟

相手のためと思ってしても、喜んでもらえないことはあるでしょう？　人の心は計り知れないから、常に満足させることはできないし、そうする必要もない。

大切なことは、その行為がアロハ、愛から始まっているということ。愛を起点に動いているとね、自分の波動が上がってくるの。そして、それに伴って、現実の方からその波動に合った形へと変わってくれるわ。」

「……よくわからないですけど、私が〝愛から動く〟ということをすると、例えば運命の人が現れたりしちゃうんですか？」

「まぁ、そういう可能性も大いにあるわね。あと考えられるのは、あなたの見る目が変わって、今まで見えていなかったものが見えてくると思うわ。つまり、今まで全然いいと思っていなかった人の良さに気づいたり。

何にせよ、波動が上がれば何かしら変化があるでしょうから、何が起こるかはお楽しみで、まずは善きことの種まきから始めてごらんなさい。」

その言葉に比奈の目は輝いた。何か新しいことが始まるワクワク感で高揚しているのがよくわかる。まるで幼い子どものようだ。彼女が我が子のように思えた。

それから彼女はよくやった。

比奈は、〝善きこと（＝自分がされて嬉しいと思うこと）〟を自分なりにピックアップし、早速実行に移した。されたらする程度だった顔見知りの人への挨拶も自分からするようになった。今までより早く会社へ行き、職場の掃除もしているのだとか。

「ラニ、〝言われたらする〟から〝探してする〟に変えると、大げさに聞こえるかもしれないけど、世界が変わるのね。してもらったら嬉しいだろうなぁって思うことを探して、やって、ありがとうって言われると、なんだか生きててよかったとすら思えるの。」

「順調ね。いい感じじゃない。相手も嬉しくて、自分も嬉しいなんて。」

「うん。私、特別な才能もないし、目立たないし、人に喜んでもらえるなんて思ってもいなかったけど……。」

「ヒナは、人に喜んでもらうことを大げさに考えていたのかもしれないね。人に喜んでもらうのに、才能も時間もお金もいらないのよ。」

「本当に、そうね。」

新鮮な感覚を楽しんでいた比奈だったが、何カ月か続いたある日、不満そうにこう言った。

「何も変わらないんですけど！」

私は笑った。

アオヘ　フア　オ　カ　マイア　イ　カ　ラー　ホ・オカーヒ

《**ʻAʻohe hua o ka maiʻa i ka lā hoʻokāhi.**》

〝バナナは一日ではならない〟

「時間は必要よ。」

腑に落ちたらしい比奈は、また種まきに専念する日々を送った。さらに数カ月経ったある日。また不満をもらした。

「やっぱり変わらない！」

私はまた笑った。

「そうねぇ。だいぶがんばっているものね。

変わらないのは、さぞ不満でしょう。でも、変わらないのには訳があるのよ。〝善きことをする上で一番大切なこと〟が欠けてるのよ。」

「それって何?」

比奈が食いついてきた。

「それはね、〝自分が楽しいかどうか〟。

最近のヒナを見ていると、〝善きことをする〟のに一生懸命で全然楽しくなさそう。義務感でやっているヒナの空気、なんだか重いわ。〝何をするか〟より〝自分がどうであるか〟。そこが本当に大切。人のためにがんばって、一人になったら休憩。それじゃ本末転倒。〝善きことの種まき〟とは言えないわ。はいはい、肩の力を抜いて。」

私はそう言いながら比奈の肩を揺すった。

「そうそう、そのゆる〜い状態で。まずは自分が楽であること。笑顔でいられること。実はそれだけで十分!

ヒナも、柔らかい微笑みや優しい言葉、温かい眼差し、そういったものに慰められたことがたくさんあったでしょう。

イ　モハラ　ノ　カ　レフア　イ　ケ　ケ・エケ・エヒ　イア　エ　カ　ウア

《**I mohala no ka lehua i ke ke'eke'ehi 'ia e ka ua.**》

〝雨がレフアの花に優しく降り注ぐことで、レフアは花を開かせる〟

という言葉があるんだけど、優しさが物事を前に進ませてくれるのよね。と言うか、本当の意味で何かを動かせるのは、優しさ。愛、だけだと思う。

何かしなくてもね、その人の存在や空気がどれほどパワフルか。だから、自分をよく観てみて。感じてみて。ヒナが〝一緒にいたいなぁと思うような人〟になっていたら、それだけでオーケー。それ以上何もしなくても、それは善きことの種まきをしているってこと。基本はそれで、もしさらに何かできること、したいことがあったらやればいいわ。」

これは比奈にとって大きな嬉しい発見だったようだ。それからの比奈はずいぶん柔らかく、優しくなり、女性として人として輝き始めた。

私は比奈に言った。

「ヒナ、あなたのフィールドはだいぶ豊かに整えられてきたようね。ハワイには〝花は生活状態がよい時に成長する※〟ということわざがあってね。豊かな土、きれいな水、温かい日差しで美しい花が咲くように、人も環境が整った時にいい結果が出せるものなの。今のヒナならきっときれいな花を咲かせられるから、ここらで少し動いてみたら？」

「動く、って？」

「望む結果を手にするために必要なのは、具体的な行動よ。今の素敵なあなたに見合った、何か新しい展開がきっとあるわ。犬も歩けば棒に当たる。行動あるのみ。何でもいいから思い付くことをやってみたら？　大丈夫、安心して。心に思い付いたことを信頼して行動し、その流れに任せていれば、必ずその流れに見合った人を引き寄せるようにこの世界はできているんだから。」

私の提案への答えとして、比奈はその日実家に帰り、両親に結婚したい旨を伝えてきたという。さらに、お見合い相手を探してほしいと頼んできたというのだから驚きだ。なんたる直球、行動の速さ！

それからしばらくして彼女のもとに〝お見合い相手〟という男性の写真と釣書が送られてきた。

彼の名前は、久々井礼。機械メーカーに勤めるサラリーマン。穏やかな人柄が感じられるなかなかの好青年だ。もうじき四十とのことだから青年とは言わないかもしれないが。

「どう？　ヒナ、彼のことどう思った？」

「たぶん、私が二十代だったら彼と付き合おうとは思わなかっただろうな。」

「ふ～ん、じゃあ、断るの？」

「ううん。私ね、彼の写真を見る前から彼と会おうって決めてたの。今の私にご縁があって出会える人なら、なんだか運命の人って気がするの。」

比奈の両親も彼の両親も、我が子の結婚を望んでいたのだろう。トントン拍子で会う段取りは整えられ、二人は対面し、交際が始まった。

〝生涯の伴侶〟になるかもしれないと、意識して時間を重ねる一組の男女。繊細でたどたどしく、自分をよく見せるための努力や相手の些細な言葉や仕草に、一喜一憂する姿は何とも初々しく微笑ましい。私はよく比奈をからかった。


「どう？　ヒナ。彼は運命の人かしら？」

「そうねぇ。白馬には乗ってないけど。」

「ははははは。ヒナは運命の人って白馬に乗った王子様のことだと思ってたの？」

「ルックス的にそれは期待してないけど、少なくとも今より生活が落ちるってわかってたら結婚しないでしょ。今より楽しくなるって期待が持てるから結婚するとなれば、それはやっぱりシンデレラ・ストーリーだよね。彼イコール白馬の王子様でいいんじゃない？」

「あらあら。ヒナは結婚することで今より生活レベルが落ちるなら、彼とは結婚しないの？　愛がないなぁ。」

「なんか人聞き悪いなぁ。でも……結婚はやっぱりキレイごとじゃないよ。もし、どんなに貧乏しても彼と一緒にいたい、そう思える人と出会えたらそれはそれで幸せだと思うけど……。とりあえず、今のところ礼さんは普通のサラリーマンだから収入は安定してるし、私も働いているから収入は二倍。単純に今の暮らしよりレベルアップするはずでしょう？　私の幸せのハードルは低いから、それだけで十分シンデレラになった気分になれるの。せっかく楽しい気分でいるんだから、水ささないでよ。」

「ふ～ん。ヒナの幸せのハードルは低いんだぁ。なんで？」

「なんでって、現実を知ってるからよ。もう高望みしてる場合じゃないしね。」

「それって妥協ってこと？」

「うわ、聞こえ悪っ！　それじゃまるでこの辺で手を打っておかないともう後がないと思って、無理してるみたいじゃない！」

「そうじゃないの？」

「そんな単純じゃないよ。って言うか、無理があったら結婚できないでしょ。一生一緒にいるんだから。妥協はしない。でも、高望みもしない。バランス取れていい感じでしょ？」

「はいはい。」

もし、それで割り切れたら楽なのだろう。けれど、実際は〝これは妥協？〞〝これは高望み？〞と比奈の中で葛藤があるようだった。そしてある日、比奈からこんな言葉が。


「ねぇ、ラニ、礼さんには非の打ちどころがなくてね、だから結婚に踏み出せない理由はないんだけど……。〝結婚したくない理由がない〞ってことが〝結婚したい〞ということではないでしょ？　付き合って三ケ月。正直、最近彼への情熱が下火になっていて……。ラニが言ってた〝豊かなフィールド〞で出会った人だから、運命の人かも〜って思ったけど、たった三カ月でこれだったら、この先期待は持てないよね。彼ももうじき四十だし。結婚する気がないなら、早めに伝えた方がいいよね。」

「うん。確かに、もうこの人とは絶対結婚しないと思うなら、引っ張ってるのは酷《こく》かもね。

ところで、ヒナ。ヒナが一番好きな食べ物って何？」

「え？　なんで急に？　ご馳走してくれるの？」

「そんな訳ないでしょ。私、身体がないのよ。お金なんて当然ない。」

「ははは。そうだよね。えっと、一番好きな食べ物はケーキかな。」

「オーケー。ケーキね。ケーキなら毎日食べ続けられる？」

「一日一個なら毎日いけるよ！　でも、ケーキバイキングとか行った後は、もう当分いらないって感じ。」

「ふ〜ん、〝当分〟なんだ。〝一生〟じゃないのね。」

「うん。その時はもう一生いらない！　って思うんだけど、気づくとまた食べたくなってるんだよね。」

「そうよね。でね、パートナーとの関係もこれと同じような場合があるの。とりあえず満腹。もう見るのも嫌。でもしばらくしたら、また惹かれるという場合が。熱して、冷めて、ハイ、おしまい。ハイ、次じゃ、〝パートナージプシー〟になっちゃうよ。だから、別れるって結論を急ぐことはないんじゃないかなぁ。ご縁がなければ一緒にいたくても離れることになるし、ご縁があれば一緒にいるようになる。〝なるようになる〟んだから一人で先走らないで、自然な流れに任せとけばいいって、私は思うなぁ。」

私の言葉を聞いて、比奈はとりあえず自分から別れを告げるという案を引き下げた。

今までは〝せっかく出会った人だから、できれば彼のことを好きになりたい〟そして〝結婚したい〟という思いが強かったのだろう。彼のいいとこ探しに必死で、嫌なところが見えてしまうとがっかり、自分の感情の起伏に疲れているようだった。

「恋する乙女は大変だねぇ。」「だよね。」そんな会話が繰り返されたが、それから三カ月後、つまり出会って半年後、なんと（！）二人は婚約した。

比奈は〝嫌いじゃないから結婚する〟に「それでいいのか」と迷いや不安があり、彼を選ぶ理由を頭であれこれ考えていたけれど、彼にとって〝嫌いじゃない〟は何の問題もないゴーサインだったようで、彼の〝結婚して当然〟という姿勢が比奈の心を自然と結婚へ促したようだ。相手の影響を受けてどう変化するかわからないから、パートナーシップはおもしろい。

結婚

いざ結婚が決まると、そこからは結婚式の準備や新居探し等、一人、ではなく比奈一人〝決めること〟に追われ始めた。

「結婚式の準備楽しみにしてたのに、実際は決めることが多すぎて、もう面倒くさくなってきちゃったよ。相談したくても、彼は仕事が忙しいってあんまり話もできないし……。」

「ははは。マリッジブルーですか？」

「ある意味そうかもね。相手が彼だからってことでもなくて、相手が誰にしろ、結婚イコール『〝結婚しなければ、やらなくていいこと〟をいっぱいしょいこむこと』なんだなぁって、気が重くなってきた。

だってね、礼さん仕事が忙しいって言って何にも手伝ってくれないんだよ。肝心な時にいない。先が思いやられるわ。この先、親の介護とかが必要になった時も、彼は何もやらないで私に押し付けるのが目に見える。」

「ヒナ、まだ結婚式も挙げてないのにそんなに先の心配してどうするの？」

「でも心配にもなるよ。こないだ久々井家の人達と食事に行った時、すごく静かだったでしょ？　し〜んって音が聞こえるくらい。うちの家族はみんなワイワイよくしゃべるから食事の時、静かってびっくり。ある意味カルチャーショックだったんだ。でね、食事ひとつとってもこんなに違うんだから、私の知らない〝違うこと〟がいっぱいあるだろうなぁって思った。全く違う環境で生まれ育ったってことは、そりゃ価値観や考え方も違うだろうな〜、理解し合えるかな〜、一生平行線で交わらなかったらどうしようって。先のことが不安にもなるよ。」

「確かにね。これからたくさんカルチャーショックを受けると思うわ。同じ日本人同士だけど国際結婚したんじゃないかって程、違いを強烈に感じることもあると思う。でも、ヒナ、心配はいらないわ。心配になるのは、ヒナの心の中に〝恐れ〟があるからよ。自分の希望を言っても理解してもらえなかったらどうしよう、嫌なことをしなきゃいけなくなったらどうしよう、という恐れが。恐れは侮れないわ。〝崖から落ちたくなかったら、トカゲの邪魔をするな※〟ということわざがあるんだけどね、トカゲは〝恐れ〟のこと。恐れは人を狂わせる。崖から飛びこませて命を奪いかねないから、恐れにフォーカスしてはいけないの。恐れを手放し、物事をありのままに冷静に見たら、実は問題はどこにもない。ヒナは自由よ。ノーという権利があるわ。」

「うん、ノーと言うことはできるよ。でも、それぞれが相手の言うことにノーと言い続けたら先に進まないでしょう。大人だからお互いちょっとずつすり合わせる。結局は我慢でしょ。あ〜、気が重い。」

「ううん、ヒナ、我慢や自己犠牲は必要ない。

戦ったり妥協する必要もない。二人の〝最小公倍数〟を見つければいいのよ。自分と相手それぞれの考えの延長にある、二人に共通する第三の考えだってきっとあるはず。」

「なるほど。そうかもねー。」

「あら。今の空返事《から》？」

「だって、彼は私に丸投げなんだよ。相手が土俵に上がってないから戦いようもないし、第三の考えなんて探したくたって無理だよ。」

「だったら、土俵に上がってもらったら？　コミュニケーションを取らないまま一人で先に進むのは危険だわ。パートナーと自分は見えない糸で結ばれてるの。どんなに絆が希薄に見えても互いに影響を与え合うものなのよ。だから、明確にコミュニケーションを取ることはとても大切よ。〝たぶん相手はこうだろう〟という予想は自分のフィルターを通してのものだから、正確なはずがないんだけど、考えているうちに頭の中でだんだんリアルになって、自分の予想があたかも現実のことのように思えてくるから怖い。自分の妄想に飲みこまれ、感情が暴走を始めたら身を滅ぼすわ。」

「あ〜、もう話が難しい！　私は決めなきゃいけないことがいっぱいあって、ただでさえ頭がパンクしそうなのに！

あ〜あ。もしかしたら、ないものねだりしてただけで、本当は独身の今が私にとっては最高なのかもしれない。失ってみて初めてわかるありがたみというか。なんか結婚自体迷ってきた〜。」

「まぁ、独身生活も結婚生活もどちらも一長一短あるものよ。それを知る前に結婚自体を迷わなくてもいいいんじゃない？　夫婦になったら絶対に別れちゃいけないわけでもないしね。」

そんな言葉で私はこの場を収めた。

そうなのだ。

そもそも、全ての男女がカップルになる必要はない。〝魂の成長〟にパートナーが必要ない場合もある。単純に、出会った人と魂が響き合ったなら一緒にいればいいし、響き合わなくなった時は離れてもいい。ただ、パートナーとの間の問題は、たいてい魂の成長のために自分があえて設定した状況なのだ（自覚はないだろうが）。そのことに気づかず、自分で設置したトラップに自らはまり、課題にぶち当たっては〝振り出しに戻る〟を繰り返していてはキリがない。どんな状況もとりあえず受け入れて体験してみる。客観的に観察し、そこにどんな意味があるか謙虚に学んでみる。結論を出す前に、ひと通りこのプロセスをたどってからでも遅くはない。チャレンジして課題をクリアした暁には、乗り越える前に壁の前でUターンしてしまった場合には得られない大きなギフトがあるのだ。

けれど、〝お試し〟の渦中にいる時はそれどころではない。目の前の現実の苦しさや感情の波に翻弄され、消去法で楽な方を選択してしまうことがままある。

〝感情〟は侮れない。結婚式という一大イベントを終えるまでの比奈は感情との闘いだった。が、雑多なことが終着した時、荒れていた海が静けさを取り戻すように比奈の心も穏やかさを取り戻していった。

古代ハワイアンからのメッセージ

目覚めなさい。

あなたは〝単なる一人の人間〟ではなく、〝宇宙の一部〟であり、〝創造主〟であることを思い出しなさい。

あなたの人生は、あなた次第。自由であることを思い出しなさい。

もし、あなたの人生が思い通りにいってないとしたら、それはあなたの〝人生は思い通りにならないもの〟という思いが現実となったもの。あなたは本来、人生のシナリオを自由に書き、自分の舞台で自由に演じることができる。

〝演じる〟というのは〝本当の自分に仮面をかぶせる〟ということで

はなく、私達の〝生き方〟の本質を表している。

私達は誰もが舞台衣装（肉体）を身に着けて、舞台（人生）を楽しむために生まれてきた演者。

自分が演者であることがわかっている。
演者である自分を客席から客観的に観ることができる。

それがつまり目覚めている状態であり、この感覚を忘れずにいられたら、人生はよりスムーズに本質へと導かれるのだ。

目覚め、それが次のステージへの扉

善きことの種まきを始めましょう

“愛から行動する＝善きことの種まきを始める”と波動が上がります。
波動が上がると、シンクロニシティやワクワクする出来事、
ラッキーな出来事が起きるようになります。
自分の行動の変化によって現実も変化することを体験すれば、
“自分が人生を創っている”ことが実感できるでしょう。

波動を上げる！　善きことの種まきワーク

自分がされたら嬉しいことを人にする

例えば、
優しい眼差しで相手を見る
穏やかな笑顔でいる
温かい言葉を使う
雑用を進んで引き受ける
自分のものを譲る
食事をもてなす、など………。

相手のためを思い“お金がなくても自分の気持ち次第でできること”を
どんどん実践しましょう。

自分が人生の創造主であることを
実際に体験してみましょう

波動を上げる！　善きことの種まきワーク

「何をするか」より「どうであるか」を大切にする

《自分》
楽しんでいるか、笑顔でいるか。

《相手》
自分といる時の相手がどうであるか観察してみましょう。
明らかに相手が窮屈そう、不快そうだったら、それは自分のあり方を見直すサインです。

自分といる時の相手がどうであるかを大切にしましょう。

愛を起点に動き、自分が楽しく、それが単なる自己満足でないかどうかも観ることができたなら、あなたの波動はどんどん上がっていくでしょう。

第2章

lōkāhi

調和

至福の二人への道標

結婚生活の現実

入間比奈が久々井比奈になって三カ月が経った。


「どう、ヒナ、新婚生活っていいもの？」

「そうねぇ。なんか不思議。結婚って、この人しかいない！　って夢中になって、その延長にあるものだと思っていたのに、そういう気持ちもなかったし。バタバタしているうちに気づいたら婚約。そして一緒に住んでたって感じだから……。ちょっと拍子抜けかなぁ。」

「あら。じゃあ、やっぱり結婚しなければよかったと思っているの？」

「そんなことはないわ。時々ね、猛烈に幸せを感じるの。結婚してから気づいたんだけど、今まで一人でいることにかなり不安を感じていたんだよね。今はいいけど、年をとって病気になった時どうしよう、倒れて苦しんでいるのに誰も気づいてくれなかったらどうしようって。寝たきりになっても看てくれる人がいないのよ。不安というより、もう恐怖ね。いつもそんな思いがどこかにあったんだと思う。ふと隣を見て彼がいると、ものすごくほっとするの。不安から解放されることは、本当に満たされるものなのね。結婚してよかった〜、幸せ〜ってしみじみ感じるの。」

「あらあら。ヒナが独身の時に持っていた不安を、結婚が解消してくれるとはとても思えないけど。だって、ヒナが倒れた時に彼が元気とは限らないし、逆に、ヒナがシングルなら必要なかったパートナーの世話をすることになるかもしれないのよ。」

結婚式の準備の時に〝結婚しなければしなくていいこと〟が山ほどあることを知り、〝病める時のパートナーの世話〟もその一つとして感じていたかと思いきや、比奈にとってはもはや想定外のことになっていたことが、彼女のハッとした表情から見て取れた。

「……まぁ、確かにそうかもしれないけど、全く一人の時とは気分的に違うのよ。

私はやっぱり、結婚してよかったって思うの！」
「はいはい。それはよかったですね。」

新婚ほやほやの比奈をからかうのはおもしろい。そして何より、幸せそうな比奈を見るのは嬉しい。

彼女は、結婚して生活費が多少上がってもダブル・インカムになったことで経済的にゆとりができたこと、一人の時ならどうでもよかった食事に気を配るようになったことなど、結婚してよかったと思うことをことあるごとに私に話した。しかし、三十年以上別々に過ごしてきて、それぞれに自分の生活ペースができ上がってしまった者同士が一緒に暮らすことに、摩擦が生じない訳はない。結婚して半年過ぎたあたりから、少しずつ比奈が不満を口にするようになった。

「ヒナ、どうしたの？　さえない顔して。」
「最近、私、仕事が忙しいの。自分のことだけでいっぱいいっぱいだから、家のことがうっとおしくて……。」

「あれ？　でも礼もけっこうやってくれてるよね？」

「〝やってくれてる〟？　その言い方おかしくない？　二人とも働いてるんだよ。家のことも半々で当たり前でしょ？　なのに、結局ほとんど私がやってるじゃない！」

確かに。比奈がイライラするのもよくわかる。比奈は半々じゃないのが不満なのに、礼は家事参加していること自体に自己満足して、比奈が不満を持っていることにすら気づいていない。そのちょっとした鈍感さが比奈の神経を逆なでするのだろう。

「しかも、帰りが遅い！」

「それなら待ってないで先に食べて、先に寝たらいいじゃない？」

「私だってそうしたいよ。でも次の日も朝早いから、夜のうちに洗濯終わらせておかないと。とっとと帰ってきて、とっととお風呂を済ませてもらわないと、お風呂の残り湯も使えない。」

ガチャ。

彼が鍵を開ける音。私までほっとする。


「ただいまぁ。」

「お帰りなさい！　今日遅かったね。」

「うん。疲れたわ～。」

「じゃ、とりあえず、お風呂入っちゃってくれる？」

「風呂、今日はいいや。すぐ寝る。」


あちゃ～。

夫婦にとって、こういう些細な〝イラつき、ムカつきの積み重ねが侮れない〟

ということを、この後私は目の当たりにするのだった。


ある週末。この日も比奈は仕事で忙しかった。夕飯の買い物に出た時も、ちゃっちゃっと済ませて早くパソコンに向かいたい。そんな思いでスーパーを速足で廻っていた。その後ろから一緒にいた礼が、比奈の持つ買い物かごに、す〜っと〝レバー〟を入れた。その瞬間、比奈の顔色が変わった。

「レバーって、牛乳に漬けたり、下ごしらえにひと手間かかるって知ってる？礼さんはやったことないから知らないでしょ？　私、今日は忙しいからとてもそんなことしてる時間なんてないの。戻してきて！」

礼は比奈に言われるがまま、レバーを元の場所に戻した。比奈の目は若干潤み、手もかすかに震えていた。礼がレバーをカゴに入れて元に戻すまで三十秒位の出来事。しかし、彼のこの行為は比奈の現状を理解していないこと、比奈への思いやりに欠けていることを象徴するものとして、比奈の感情を波立てた。

それから何日も経たないある日、比奈の感情を爆発させることが起きた。

その日も比奈は仕事に忙しく、帰宅した時点でイライラしていた。先に帰って比奈の帰宅を待っていた礼も、さすがに比奈のただならぬ空気に気づき、台所に立った。

「手伝おうか？」

礼の口から自然に出た親切心からの一言だった。しかし、この一言が比奈の激燐に触れた。

「〝手伝おうか？〟ですって？　つまり、これは私の仕事？　私もあなたと同じ！一日仕事して疲れて帰ってきてるのよ。条件は同じなんだから、ご飯を作るのがあなたの仕事であってもいいんじゃない？　私が手伝ってあげましょうか？」

〝手伝おうか？〟の一言は、積もりに積もった比奈の不満を爆発させる単なるきっかけに過ぎなかった。けれど彼にしてみたら不意打ちで、なぜ〝手伝おうか〟の一言に比奈がこれほど感情的になるのか全く理解できない様子だった。

「ヒナ、今ヒナが言った言葉、冷静にきちんと彼に説明した方がいいよ。礼はヒナがどうして怒っているのか全くわかってないから。」

私のこの言葉も、感情のたがが外れた比奈には届かなかった。彼女はそのまま台所を出て寝室へ行き、ベッドに突っ伏して泣き出した。

礼は、初めて見る比奈の取り乱しようにどうしたらいいのかわからないのか、はたまたあきれたのか面倒なのか、とにかく比奈には近寄らず、リビングで一人、インスタントラーメンで夕飯を済ませ、テレビを見始めた。

小一時間が経ち、ようやく落ち着いた比奈は顔を上げ、ベッドの上に座った。


「大丈夫？」

私は聞いた。

「うん……。」

窓の外を眺めながら比奈が言った。

「私ね、最初はただひたすら頭にきてたんだけどね、自分が彼に何をしてほしいのかよく考えてみたら、礼さんに手伝ってほしいとは思ってないことに気づいたの。ただ彼に褒めてほしかったんだと思う。〝仕事から帰って疲れてるのに、こんなにちゃんとご飯作れてすごいね〟とか、〝結婚したら夕飯を作ってくれる人がいて嬉しい〟とか言ってほしかったんだと思う。なのに、礼さんはそんなこと一言も言ってくれないし、彼のさっきの〝手伝おうか〟って言葉は、奥さんがやって当たり前と思ってる気持ちの表れだよね。私、なんだかバカバカしくなってきちゃったよ。こんなんだったら一人の方がずっと楽だよ。」

最後の方はまた涙声になっていた。

「どうする？　ヒナ。それ、彼に言ってみる？」

「……うん。怒り出した理由をちゃんと言わないと、私がただヒステリック起こしたみたいだもんね。」

比奈は、自分のしたことの理由を話せば彼はちゃんと理解してくれる、今まで比奈がやって当たり前という態度だったことを謝ってくれる、そう思っていたに違いない。けれど、悲しいかな、男女の思考回路は違う。比奈の話を聞いて礼が返した言葉はこうだった。

「褒めてほしいって言われて褒めるなんて、しらじらしくて嫌だよ。苦痛。家の中ではぼ～っとしてたいから、奥さんのことを褒めるのに神経使いたくない。それなら最初からきっちり家事分担して、自分の担当分だけやればいい、そっちの方が気楽でいいよ。」

彼の言い分はもっともだけれど、ストレート過ぎるその言葉は、号泣した後の繊細な比奈の心を、さらに傷つけるのに充分だった。

アイア　ケ　オラ　イカ　ヴァハ　アイア　カ　マケ　イカ　ヴァハ

《Aia ke ola i ka waha, aia ka make i ka waha.》

〝生も死も口の中にある〟

というように、言葉は人を救いも破壊もするのだ。

「私、そんなにたくさんのことは求めてないよ。一緒に暮らしてるんだから、相手への思いやりとか感謝の気持ちって大切じゃない？　神経を使うって……仕事の相手じゃないんだから……。なんか……なんかさ、礼さんにそんな風に言われちゃうと、私、なんで一緒に暮らしてるのかわからなくなるよ。こんなんだったら、一人の方がずっといいよ。」

それに対して礼はノーコメント。比奈がどれだけ思い詰めているか、彼には伝わっていないようだった。彼の面倒くさそうな困った表情が、とうとう比奈に言わせた。

「私……別にいなくていいんだ……。わかったよ。」
そう言うと、比奈は弱々しくその場を離れ、荷物をまとめ、家を出た。
礼は追わなかった。

もし、夫婦というものが「仲良くする」「愛し合う」「二人の世界を創造する」という目的のために一緒になるものならば、私は出ていく比奈を止めたかもしれない。追いかけない礼に、パートナーにもっとエネルギーを注ぐよう促したかもしれない。けれど、そうはしなかった。なぜなら、パートナーシップの目的は、一組の男女が〝二人の関係を円満に全うすること〟ではないからだ。真の目的は、〝相手を時には研磨剤として、時には潤滑油として、お互い成長すること〟にある。そのことを魂はちゃんとわかっていて、〝自分を成長させるためにベストな相手〟を選んでいるのだ。魂の究極の目的は、〝成長を重ね、愛そのものになる〟ことなのだ。男と女は、陰と陽、光と影、マイナスとプラス……のように、どちらか一方が存在するためには、絶対に存在しなければならない対を成すものであり、宇宙の縮図。つまり、異性との交流・交感は、人を本源へと立ち返らせてくれる一つの扉なのだ。扉の先に広がるのは宇宙との一体感であり、異性のセクシャリティに惹かれときめく心身の快楽とは比べものにならない、宇宙的結合のエクスタシーがそこにはある。そこへ至るための研磨のプロセスは、激しい感情の嵐や、現実的な肉体の痛みとなって生命を危険にさらすものにすらなり得るが、成長するために自らが選んだパートナーと過ごす時間、共有する出来事は全て〝成長に必要なこと〟を教えてくれるメッセージなのだ。

具体的に〝出来事〟をメッセージとしてどう読むか、今回の比奈と礼のケースを見てみるなら……。

比奈は「褒めるくらいしてよ」と言ったが、礼は、その「褒める」が苦痛であると言っている。つまり、この出来事は〝自分にとって簡単なことが相手にとっても簡単とは限らない〟〝価値観は人それぞれ違う〟ということを比奈に教えてくれている。

それに気づかないと、「なんでこんなこともしてくれないんだろう」と絶えず不満を抱えることになる。そして、自分を満足させてくれるよう相手を変えようとすると、どつぼにはまる。誰だって、自分を変えたがる相手に好意は抱けないものである。それは、今の自分に対してノーと言われていることなのだから。パートナーと楽しく過ごすことを望みつつ、行動が逆行しているカップルのなんと多いことか。

〝相手を変えるのではなく、自分が変わる。〟

これを意識しただけで、パートナーシップは飛躍的に楽しいものとなるだろう。

例えば、礼の帰宅が遅かった夜。比奈が〝お風呂の残り湯で洗濯する〟という自分のルールにこだわらず、不満を抱えずに済む〝寝たい時に寝る〟を優先していたなら、何の問題もわだかまりも残らなかった。

「待ってないで寝たらいい。」

客観的に考えたら簡単にわかることなのだが、人は面白いほど、自分が基準で〝自分のやり方が正しい〟と思い込むから、自分のやり方に変更の余地があることに気づかない。そして〝二人にとってこのやり方がベスト〟なのに、どうして理解してくれないのだろう？　協力してくれないのだろう？　というフラストレーションに苛《さいな》まれる。

けれど、自分も自由、相手も自由なのだ。

比奈も礼も、そして多くのカップルがこのことを忘れ、相手がいることで不自由になり、振り回されたり、振り回したりしている。円滑なパートナーシップから生まれる、この上なく甘美な、とろけるような一体感を味わうこともなく……。

〝魂の成長〟を目的に結ばれているとはいえ、一組のカップル。パートナーが一時の快楽を提供するエンターテイナーではなく、単なる共同生活者でもなく、ましてや足かせでもなくなった時、つまり〝パートナー＝魂の歓喜〟と成り得た時、性があるが故の官能的な感動、さらには性に象徴される〝快〟の投影された日常がもたらされる。

心・体・魂の結合の歓び、それを知らぬまま、放棄し出ていった比奈が今後どう歩むのか。ゆっくり見守っていこう。

冷戦

荷物をまとめた比奈が向かった先は学生時代からの友人、真名実のところだった。さすがに実家へは帰りにくかったのだろう。

ピンポーン

「はぁい。」

呼び鈴を鳴らしたのが比奈だとわかった真名実は、思いがけない友人の訪問に驚いた。

「どうしたの？　突然こんな時間に！」

とりあえず中に入り、比奈は真名実の家に来た理由を話した。

「あ～、そりゃ、そうなるよね～。出てくる比奈の気持ちわかるわ～！」

真名実の共感に、比奈はほっとした。

「いつまでも家にいるといいよ。どうせ私、一人だし。簡単に家に帰ったら、彼に比奈の本気が伝わらないもん。」

真名実のこの言葉に、比奈は居場所を得たとほっとした。その晩は、真名実と楽しくしゃべり、食べて飲んで、気持ちよく寝た。

翌日、比奈が目覚めたのは、朝六時。深夜に寝たのに、よくこんな時間に目が覚めたものだと感心したが、真名実はとっくに起きていたようで、仕事に出る支度をしていた。

そうだ、家出したからといって、仕事にはちゃんと行かなきゃ！

比奈も急いで準備をし、会社へと向かった。会社はいつもと変わらなかった。

比奈自身は人生初めての家出というオオゴトの最中だというのに……。

「何も変わらない。きっと礼さんも変わらないんだろうなぁ。」

そんなモヤモヤを抱えつつ、襲ってくるのはひたすら現実。こんな時に限って

（本当は、〝こんな時だからこそ〟なのだが）対処しなければならないトラブルが続き、泣きっ面に蜂であったが、そのお陰で比奈は個人的な問題から解放された。どんな理由であれ、自分の抱える問題から物理的・心理的に離れられるのはいい気分転換になる。

比奈が全てのトラブル対処から解放されたのは、夜の十時。仕事による現実的な体の疲れが、礼との関係による心の疲れをどうでもよいことのように思わせていた。

比奈は、「今日は、もう家へ帰ろうかな……。」とすら考えたが、とりあえず荷物もあるし、と真名実の家へ向かった。友達とはありがたいもので、真名実は夕飯を用意して比奈の帰りを待っていてくれた。比奈は「気を使ってくれてるんだなぁ。真名実にあんまり迷惑かけたくない。」そう思った。

いざとなれば受け入れてくれる人がいるという安心感も手伝って、その晩比奈は家に帰ることにした。帰るという比奈に真名実は、

「もう遅いから、今夜くらい泊まっていけばいいのに……。」

と比奈を引き留めた。

「ありがとう。でも、昨日バタバタ家を出てきたから、明日会社に着ていく服がないんだ。だから今日のうちに帰るわ。」

「う～ん。でも、もう十二時近いよ。このタイミングで家に戻って、礼さんと顔合わせるのって、どうかな……。そこから話し合いになったら、お互い疲れてるだけに、ややこしいことになるんじゃない？」

「大丈夫だよ。もう帰って寝るだけだから。心配してくれてありがとう。」

そう言って明るく別れた比奈だけれど、「いなくてもいいでしょ」と言って家を出たのに、わずか一日で帰るのはなんともバツが悪い。自宅に向かう比奈の足取りは重かった。家までの道のりは、とても長いような、短いような複雑な気持ちだった。

ガチャ。

ドアを開けて中に入った。真っ暗な廊下の突き当たりにあるリビングから明かりがこぼれていた。音はしない。リビングのドアを開けると、隅でパソコンを開いている礼の姿が目に入った。比奈が帰ってきたことに気づいていないはずはないだろうに、無言だった。

そんな礼の態度に、比奈は理屈じゃなく怒りが込み上げてきた。心配じゃなかったのだろうか。自分から歩み寄らないと、この人はずっとこうしてるつもりなのだろうか。しばらく経っても声をかけようともしない礼に、とうとう比奈は声をかけた。

「帰ったんだけど。」

「……うん。」

〝うん〟？　それだけ？　怒って家を出た妻が戻ってきたというのに、それだけ??　礼のこのリアクションに、自分の存在が軽んじられているという屈辱感が湧き上がってきた。このまま向き合わずに日常生活に戻る、そんなことはさせまい。比奈の口から出た言葉には怒りがこもっていた。

「私、怒ったまま、何も解決しないまま家を出たんだよ。何も言うことはないの？」

その言葉に反応して、礼は比奈の方へチラッと視線を移したけれど、顔色は変えずに平淡な口調で一言、

「どうしてほしいの？」と言った。

「どうしてほしいのって?!」

比奈がびっくりしているのが見てとれる。

比奈は反射的に「どうしてほしいかを、考えてほしいの！」と返した。そして続けた。

「一緒に暮らしてるんだよ。夫婦なんだよ。どうしてほしいかを聞くんじゃなくて、相手がどうしてほしいかを考えてくれてもいいんじゃない？」

「それはお互い様だよ。比奈が入ってくるまで、オレはここで仕事をしてた。もちろん比奈とのことも大事だけど、現実的にやらなきゃいけない仕事に追われてるんだ。今、オレがどうしてほしいか、比奈は考えてくれた？　比奈は自分のことを棚に上げて、オレに求めすぎていない？」

冷たいようだが、礼の言うことも一理ある。女性は男性より客観性が欠けるようで、ややもすると相手にも希望があること、心があることが頭から抜け落ちる。だが、今の比奈にはそんなことに思いが及ぶ余裕はなく、礼から出たこの整然とした言葉は、普段の彼の温厚な性格とのギャップで、より冷たく攻撃的に響いた。比奈はあまりの衝撃に言葉をなくし、小刻みに震えていた。そして、礼に背を向け、リビングを出た。

また家を出ていくのかと思えたけれど、比奈は洗面所に行き、化粧を落とし、淡々と寝支度を整え、翌朝の朝食の準備も終え、ベッドに入った。比奈の寝姿は殺気だっていた。

それから数日、この二人の間の空気には耐えがたいものがあった。会話がないのだ。お互いに距離を置き、接点が無い状態での無言ならばある意味自然だが、今まで通り二人は食卓につき、食事を共にする。比奈は今まで以上にしっかり家事をやり、礼に献身的だ。それなのに会話がないから寒々しい。私は聞いた。


「ねぇねぇ、何も話さずに黙々と食べて、気持ち悪くない？」

「うん。気持ち悪いよ。礼さん、なんで話さないんだろうね？」

「ヒナが話さないからじゃないの？」

「私は話しかけられたら話そうと思ってるけど、話しかけられないから話さないだけだよ。」

「いやぁ、ヒナが〝ジャッター降ろしてるオーラ〟全開だから、話しかけづらいんだと思うよ。」

「確かに、彼に心を閉ざしているのは事実だね。そうなるとね、彼の箸の上げ下ろしから、今まで何とも思っていなかったことにまで嫌気がさしてくるのよ。今は、全部全部嫌！」

「……そんな風に思っている人と一緒にいる彼に同情するわ。」

私は、あくまでニュートラルな立場だ。

「ラニがそう思うのは勝手だけど。とにかく今さら後戻りできないから一緒にいるだけ。で、いざという時のために、文句のつけようのない良い奥さんでいることにしたの。」

「〝いざという時〟って？」

「今回のことで、彼のことがよくわからなくなったから、これから先のことも本当わからない。だから、何があってもいいようにってこと。」

比奈はキレたようだ。彼女の決心は固く、それから数週間、さすがに完全に無言ではなかったけれど、会話は必要に迫られての一言、二言。針のむしろのような生活が続いた。が、終わりが見えないと思った矢先、礼の態度が変わってきた。相変わらず言葉はない。けれど、自然に家のことをやるようになっていた。礼のやりっ放しが家の中を雑然とさせ、比奈を絶えずイラっとさせていたのだが、気づけばそれも少なくなってきた。


「なんか最近、礼、よく動くね。自立して、いよいよ離婚の準備かな。」

私は、からかい半分意地悪く言った。

比奈はノーコメント。

（あら？　もしかしてショックだった？）

私は言葉を足してみた。


「ヒナ、最近の礼のこと、ヒナはどう感じているの？」

「うん……。私の態度はとげとげしいのに、なんか礼さんはどんどん優しくなってる気がする。」

比奈も私と同じように感じていたようだ。

〝イライラしている相手をなだめるための一策〟として、優しく歩み寄っているという作為的な感じはなく、干渉されることがなくなったことで解放感が得られ、その結果、自然と余裕や優しさが出てきた、そんな感じだ。

「本当。最近、礼、優しいよね。それはたぶん、ヒナが礼に何も求めないことで、礼が安心したからじゃないかな？」

「どういうこと？　私、今までだってそんなに求めてないじゃない？」

「ふふふ。そうかな？　礼が何か家事に手を出しかけると、ついでにこれもって、ヒナ、ここぞとばかりに仕事を増やしてたじゃない。」

「それは……そうかもしれないけど……。」

「健全なパートナーシップのために重要なのは、〝相手に何も求めないこと〟よ。多くのカップルが自分には求めてほしくないと感じつつも、悪気なく相手に求めている。そうとは気づかずに。恋人なんだから、夫婦なんだから、相手に頼ったり、甘えるのは当然という思いがあるんでしょうね。でも、甘えは〝重し〟と紙一重。私は一番大事な人にこそ、自分の存在を負担に感じてほしくない。だから、相手には何も求めない。」

「それは、ラニが強いからできるんだと思うわ。」

「ううん。大事なのは、心のあり様よ。人にはオーラがあるの。オーラは目には見えないけれど、その人の雰囲気としてちゃんと相手に伝わるわ。本人は無意識だと思うけど、〝助けて〜〟というオーラが出てたら、近寄るとしがみつかれて自分も一緒に沈むんじゃないか、相手はそんな気持ちになって、近寄って来なくなるでしょうね。かたや、自分でしっかり立っている場合、それは〝あなたからは何も奪いません〟というメッセージにもなって、相手の心をオープンにするわ。『北風と太陽』のお話、知ってるでしょう？　あの寓話では、旅人のコートを脱がせるために北風は冷たい風を吹かせ、太陽は温かい日差しを送った。それぞれがただ自分のできることをしただけ。太陽が北風より優れていた訳ではなくて、たまたま旅人のコートを脱がせる目的に効果的だっただけ。効果的なことをすればね、苦労しなくても結果が出せるのよ。ちょうど、旅人が自分からコートを脱ぐ感じね。

相手の心をオープンにさせるのに効果的なことは、〝相手に求めないこと〟。それだけで相手との距離が縮み、自然と二人の関係はより一層親密になるわ。みんなそれを望んでいるでしょうに、恐れや不安から行動が逆行してしまっているからもったいない。

それからね、しっかり自分の足で立つ。相手に〝何も求めない〟。そういうスタンスでいると、実際、相手に頼らざるを得ないような状況にならないものなのよ。ハワイには、ロウロウ※という日本の指相撲のようなゲームがあるの。二人が人指し指を組んで押したり引いたりするんだけどね。その時〝私は強い〟と言うと本当に力が湧いてきて、〝私は弱い〟と言った場合との差は歴然。現実は自分の思い、発するもの次第ということを本当に実感するわ。だから、〝私は一人で立っていられる〟と思ったら、〝立っていられる〟状況になるから大丈夫なの。安心して信頼して任せていれば、甘えなくても、頼らなくても、うまくまわるように……。本当に幸せなことよね、宇宙が全てアレンジしてくれるんだから。ただそれだけ。私が強いわけじゃないわ。」

「ふ〜ん……。なんか奥が深いねぇ。うまく言えないけど逆説的というか……。」

「そう、それ！　逆説的！　ほしいと思っている人は、もらえない。それは、〝ほしい〟イコール〝私は持ってないです〟と、宣言しちゃっているようなものだから。そしてその宣言を、宇宙はその人が望んでるオーダーとして忠実に現実化するのよ。

自分の意識や思考はきちんと観た方がいいわ。〝慎重に求めなさい。求めたそのものが与えられるのだから！〃ってことわざ、聞いたことない？」

「ないけど、それって知らないと怖いねぇ。」

「そうよ。自分の思考が現実を引き寄せるからね。でも、どんなに上手に思考をコントロールしてるつもりでも、現実に反映されない場合もある。そんな時、私達は〝どうしてなんだろう？〃なんて悩まないわ。自分に理由がわからなくても、ちゃんと理由があって起きていること。謎は謎のままに、ただ起きていることを受け入れる。そうするとね、後からわかるのよ。自分が現実化しようと思っていたことより、はるかに大きな可能性や刺激的な道があったってことに。

ア・オヘ　ハナ　イ　ネレ　イ　カ　ウク

《**'A'ohe hana i nele i ka uku.**》

〝良い行いにしろ、悪い行いにしろ、自分のしたことがそのまま自分への報いとして戻ってくる〃

宇宙はちゃんと私達の波動に見合ったものを返してくれるから、すぐ結果に繋がらない場合でも信じることが大切なの。」

「なるほどね〜。ただ淡々と〝与える人〃でいられたら間違いないって感じかな。」

「ふふふ。そうね。それから、ハワイの美しい花輪、レイを作るために〝花は集められる時に集めておけ※〟とよく言われるのよ。それはね、いつでも摘めるとは限らないから。人生もそれと同じ。いつも元気で調子よく、という訳にはいかないでしょ。落ち込んで励ましてほしい時もあれば、病気になって面倒を見てもらわなければならない時もある。だからせめて、元気なうちは自分にできることをしておく、つまり、与える人であれ、ということ。若さや見かけの美しさはひとときのものでしょう。それに甘んじて、相手から摂取し続けるのは愚かなこと。〝与えよ、さらば与えられん。〟与える人であることが、パートナーシップはもちろん、人生全般を豊かにする最初の行動だと思うわ。プラスのスパイラルに入れば〝与える〟〝受け取る〟の流れが生まれて、枯渇することがないの。人生の醍醐味が味わえるわ。」

「〝人生の醍醐味〟かぁ……。味わってみたいものだわ。」

「簡単よ。それを味わうことを自分に許せばいいのよ。」

「許すって?」

「オーケーを出すってこと。」

「意味がわかんない。人生の醍醐味を味わうのに、オーケーを出すも出さないもないでしょう？　オーケー、ウェルカムだわ。」

「多くの人が頭ではそう思っているんだけど、実際はそうじゃないのよ。お金持ちになったら利用されないか猜疑心が湧き、有名になったら妬まれないか不安が生まれ、愛されると相手が心変わりしないか心配になる。だから人生を豊かにしてくれそうな流れがきても人はそれを受け取ることに戸惑いを感じて、自分から人生の醍醐味を味わうことを往々にして拒否してしまうの。ただ、受け取ることを許可すればいいのに。」

「うん、確かに……。幸せ過ぎると怖くなるわ。こんなに幸せでいいのかな？　持ち上げて落とされるんじゃないかって心配になる。」

「でもね、宇宙から見たら、ヒナが、というよりほとんどの人が恐れている〝幸せ過ぎ〟っていうのもささやかなものよ。宇宙の豊かさは無限だから。幸せになることに躊躇《ちゅうちょ》はいらない。人間が豊かになることは宇宙の願いでもあるから。」

「なるほどね～。〝自分を許す〟かぁ。」

「そう。そして、〝自分を許す〟のは、〝自分〟。これからの時代、特に大切なのは自分の中の内なる声。〝誰かがいいって言ったから〟とか〝誰かがダメって言ったから〟とか、そんなのは関係ない。自分のアンテナ、自分のハートで感じたことが答え。だから、許しは誰かから出してもらうものじゃない。自分で出すものなのよ。」

「〝自分で自分を許す〟かぁ。でも、相手は……今の礼さんは許せない。」

「まぁ、許せないものを無理して許せとは言わないわ。〝許せない自分〟を許すのも大事なことだから。でも、怒りからは何も生まれないものよ。」

「それって結局、礼さんを許せって言ってる？」

「ううん。ご自由にって思う。だって、礼には礼のハートがあるから、ヒナが許したからって礼が許さないかもしれないし。だからヒナはヒナの好きにしたらいいと思う。」

「じゃあ、許さない。」

「オーケー。じゃあ、どうなったらヒナは礼を許すの？」

「礼さんが、自分が悪かったって謝ってきたら。」

「ふ〜ん。言葉を信じるんだ。『ごめんなさい』って言うだけなら誰だって言えるのに。」

「じゃあ何を信じればいいのよ。」

「ヒナ、礼はあなたのパートナーなのよ。面倒くさくなって表面的な問題解決のためだけに『悪かった。ごめんなさい。』と言ってきたとしてもそれで満足なの?」

「少なくとも、『ごめんなさい』って言ってもらえたら先に進めるし、とりあえず満足かな。」

「表面的に事態が終着したとしても、どちらかに不満やわだかまりが残っていたなら、それは本当の意味での解決とは言えないわ。」

「じゃあ、何が〝本当の意味での解決〟になるの?」

「二人ともすっきりした気持ちで〝調和〟が取れた時。」

「〝調和〟って、どうやって取るの?」

「取りたい?」

「うん。取りたい。」

「本当に?」

「本当に。」

「じゃあ、ヒナが〝許してください〟って礼に言ってみたら？」

「は?!　なんで私が?!　意味わかんない！」

「〝許してください〟というのは魔法の言葉なのよ。この言葉は自分の非を全面的に認めた時に言う言葉だと思ってるでしょうけど、そういう使い方ばかりではないわ。〝不戦勝〟のための言葉なのよ。」

「〝不戦勝〟？」

「そう、戦わずして勝者になること。」

「〝不戦勝〟の言葉の意味はわかるけど、なんで〝許してください〟と言うことが〝不戦勝〟になるの？」

「〝許してください〟って、軽々しく言える言葉じゃないでしょう？　機械的に言うのは簡単だけど、命を宿した言葉として相手に伝えるには勇気や愛が必要になる。だから、心を伴ってこの言葉を発した時は言葉の力が発動する。〝許してください〟という言葉の言霊によって、戦わなくても戦いは終わるわ。」

「まぁ確かに……。『許してください』は『ごめんなさい』とは言葉の重みが違うよね。

『ごめん』は割と軽く言えても『許してください』はそうそう言えない。もし自分が『許して』って言われたら……親の敵とか、よっぽどの相手じゃない限り、なんか恐縮しちゃって、それ以上戦う気はなくなるだろうね。」

「うん。パワフルな魔法の言葉だからね。〝許してください〟という言葉によって何が生まれるか、それを体験するためにもヒナ、礼に言ってみたら？」

「え？　今？　今はちょっと……。だいたい、急に私が『許してください』なんて言ったら、礼さんびっくりするでしょう?!」

「エ　カヌ　イ　カ　フリ　オイ　ハー・ウレ　カ　ウア
《E kanu i ka huli ʻoi hāʻule ka ua.》

〝雨が降っている間にタロイモを植えなさい〟

つまり、いつでもいい訳じゃない、タイミングが大切ってこと。先延ばしにする理由はないんだから、人生の醍醐味を味わいたいと思った今、伝えたらいいんじゃないの？

　確かに急に、ただ一言『許してください』なんて言われたら礼もびっくりすると思うけど、例えば今の状況なら、『最近、トゲトゲしい雰囲気だったね。許してくれる？』それでいいんじゃない？

自分は悪くないというヒナの思いも反映され、礼を責めるでもなく、この状況が癒されると思うわ。」

「……わかった。言うよ。」

「私が言った通りに？」

「……ううん。『最近、トゲトゲしい態度でごめんね。許してくれる？』って言う。」

「へぇ！『ごめん』って言うんだ?! ヒナは礼の方が悪いと思ってるんでしょう？」

「うん。礼さんの方が悪いと今でも思ってる。でも、十のうち二〜三は私も悪いと思うからその部分に対して『ごめん』って言う。」

二か三かぁ。私は、礼の方が二か三のような気がするけど……。細かいことは気にしないことにしよう。それにしても、相手が悪いと思っていても自分の悪い部分は謝る、という比奈の考え方はなかなかいい。なぜなら、生まれ育ちが違えば価値観や常識は違うもの。だから、そもそも絶対的な正解は存在しない。にも関わらず、「自分は間違っていない、相手が間違っている」と白黒つけるのは、エゴというものだ。エゴの延長に平和はない。かと言って、争いを回避したいがために安易に自分の主張を引き下げるのは、自分自身へのリスペクトを欠くことになる。自分も相手も尊重するには、どうしたらいいか。比奈の〝自分の悪いと思う部分だけ謝る〟というのも、そのひとつの方法だろう。

さて、礼の反応はいかに……。

比奈は、リビングでくつろぐ礼のそばに行き、声をかけた。

「礼さん、最近……ごめんね。」

「何が？」

「え？　私の態度……。」

「態度がどうしたの？」

「え？　トゲトゲしかったでしょう……？　許してくれる？」

「なんで？　よくやってくれてるじゃん。」

……そんなものだ。かくれんぼで鬼にみつからないように一生懸命隠れたのに、実は誰も探していなかったと知った時の虚しさ半分、意地悪をしたのに意地悪と認識されていなかった安堵感半分、比奈の表情は複雑だった。が、プラスマイナスで言えばプラスの方が上回ったようで、久々に礼を見る比奈の目に温かさが感じられた。

その後のことは訳ない。この数週間の冷戦がなかったかのように、普通に自然に、ことが起きる前の状態に戻っていた。というより、ことが起きる前以上に二人の空気はしっくりくるものとなっていた。

「ねぇねぇ、こないだ『よくやってくれてる』って言ってたけど、何をよくやってるって思ったの？」

「え～、色々だよ。」

……褒めるのが面倒だとはっきり言われたのに、比奈のこの質問。そして、礼の適当な返し。夫婦というものは進歩していなさそうで、進歩していたり、逆に進歩していそうで、全然変わっていなかったり……。何にせよ、仲良きことは美しきこと。ゆるやかな空気の中でくつろいでいる二人の姿は、本当に美しかった。

それからの二人に、とりあえず不安材料はなかった。それぞれ仕事においてはお互いを干渉せず、共有する時間ではさりげなく相手を気遣っていた。二人はしっかりとした軸で絶妙なバランスを保っているやじろべえのようだった。

古代ハワイアンからのメッセージ

〝調和〟は夜空に輝く北極星のように、正しい方向へ導いてくれる指針である。

〝調和が取れているか〟は賢明な自問だ。

なぜなら〝調和〟を基準に二人の関係を観ることができたら、〝調和〟に向かって歩いていくことができたら、道を誤ることはないからだ。

何か不調和が生じた時〝何が問題か〟〝誰が悪いか〟はっきりさせたくなるものだが、たとえ原因を明らかにして表面的に問題が解決したように見えたとしても、どちらかの心にわだかまりや後味の悪さが残ったなら、その解決策が建設的だったとは言えない。

目指すゴールは〝調和〟。

お互いの気持ちがすっきりした状態。

そこへ向かうためには、力や頭を使って自分を正当化したり、相手を自分の望む方向へコントロールしたくなる衝動や癖との決別が必要だ。

何の違和感もなく、全幅の信頼のもと相手と繋がっている、調和・融合の心地よさは何ものにも替えがたいものだ。

調和の中に身を委ね、ゆったりとくつろぐ。
それを体感したくて、私達は生まれて来たのかもしれない。

調和とは、〝至福の二人〟への道標

LANI'S LESSON

言葉の力を味方にしましょう

二人の関係を“調和の取れた状態”にしてくれる
具体的な行動を試してみましょう。

自分の希望を伝える時は、「私は」から始める

例えば、
「あなたが悪い。あなたの△△を直してほしい。」という代わりに、「私は、○○だったら嬉しい。」と言ってみる。

言い方を変えても、言葉が丁寧なだけで相手に変わることを求めるものであっては意味がありません。
例えば、「私はあなたが謝ってくれたら嬉しい。」ではなく、「私はあなたと仲直りできたら嬉しい。」というように。相手がどんな風でも、どんなやり方でも、そして相手が自分の希望を叶えてくれなくてもオーケー、ただ自分が望むのはこういう状態、こういう結果、それが伝わるように使いましょう。

相手に求めないスタンスが相手との関係に調和をもたらしてくれるでしょう。

言葉は
発して初めて力を持つもの。
勇気を出して
自分から思いを言葉にしてみましょう。

魔法の言葉「許してください」を活用する

誰かと思いが通じ合わない時、相手に背を向けられた時、もしその人と調和が取れた状態に戻りたいと思うなら、力を貸してくれるのが「許してください」という言葉です。
“自分は間違っていない、相手にも非がある”そう思っている時に、「許してください」と「許し」を請うのは抵抗があるかもしれません。

でも、“許しを請う”のは“相手”に対してではなく“二人の関係性”に対してです。
“許してください”の本意は、「何らかの原因によって、二人の間に、不調和が生じました。この関係が癒されますように。」といった望む状況へ進むための許可。

誰も傷つかず、Win-Winの関係にしてくれる「許してください。」という言葉を、調和を失った時に使ってみてください。

第3章

oiāi'o
誠実さ

二人でいても
〝唯一無二の自分〟に対して
忘れてはならないもの

変化

　ある日の比奈は明らかに目が輝いていた。内側から溢れる幸せで頬は桜色、実に美しい。

　礼の帰りをそわそわ待つ姿から、キラキラ光の粉が舞っているようだった。

「もう、じれったいなぁ。待ってないで、電話して言ったら？」

「だめだよ。こんな大事なこと、会って直接言いたい。……あ、帰ってきた！」

　礼が玄関からリビングに入ってくるまでの時間が、これほど長く感じられたことはない。比奈は帰ってきた礼を優しく迎え、そっと近づいた。

「お帰りなさい。」

「どうしたの？　何かあったの？」

「え？　なんでそう思うの？」

「だって、明らかにいつもと様子が違うでしょう。」

「わかる？」

「わかる。で、何なの？」

「実はね、すご～く嬉しいことがあったの。」

「ふ～ん、何？」

比奈は背伸びして礼の耳元に近づき、ささやいた。

「……赤ちゃんができたの。」

「うそっ！」

礼の驚く声にこちらが驚くほど彼は大声をあげた。そして次の瞬間、彼は意外にも、子どものようにとび跳ね始めた。

「やったなぁ！　比奈、オレ達が親になるんだなぁ！」

無邪気に喜ぶ礼を見て、嬉しそうにふんわり柔らかい微笑みを浮かべる比奈は、天使のように愛らしかった。

「よし！　今からお祝いに行こう！　高い店行こう！」

帰ってきたのもつかの間、礼は玄関へと向き直った。その後ろ姿を見つめている比奈が、心から「結婚してよかった。この人でよかった。」と幸せを噛みしめているのが伝わってくる。

手をつないで出て行く二人。いつになく礼は比奈に寄り添って歩き、そのぬくもりに比奈は毎瞬を委ねている。

触れている体の温かさに、言葉はいらない。

肉体があるからこそその大きなギフトだ。それを比奈は全身で受け止めていた。

〝二人だから〟味わえる幸せが堰《せき》を切って溢れている。なんというあたたかい光景だろう。

へ　アリイ　ケ　アロハ　へ　オフ　ノ　ケ　キノ

《**He ali'i ke aloha, he 'ohu no ke kino.**》

〝愛が人を輝かせる〟

そんな風に嬉々としてスタートした比奈の妊娠生活は、日を追うごとに彼女の体に小さな変化を表し始め、数カ月後には生活自体に大きな変化をもたらした。

それは、産休。

「やった～！　憧れの専業主婦だ！」比奈の心はますます明るくなった。仕事に行っていた時間をまるまる家で過ごせるなんて。時間に追われてイライラしながらやっていたことも今日からはゆっくりできる。今まで手を抜いていたご飯も丁寧に作ろう。と、比奈の意識は、家のこと、礼のことに向き始めた。帰ってきたら温かい手料理が食べられるのだから、礼も喜んだ。全てが順調だった。

けれど、生活リズムが変わったのは比奈だけで、礼は変わらない。相変わらず帰りは遅い。

「ねぇヒナ、礼は今夜も遅いと思うよ。先に食べてもう寝たら？」

「だって、今夜はカルボナーラにしちゃったんだもん。作っておいてレンジでチンしたら、卵がボソボソになっちゃうでしょ。もう少し待ってる。」

やれやれ、そこにこだわるか。じゃあ待つしかないね……。

それから一時間経過。


「ねぇ、もういいかげん食べちゃったら？」

「ここまで待ってたんだから、最後まで待つ。」

そうこうしているうちに礼は帰って来た。

「ただいま～。」

「お帰りなさい。すぐご飯にするね。」

「え？　あ、ごめん。メールし忘れた。今日飲みだったんだよね。もう寝るわ。」


カチン。

比奈からそんな音が聞こえた気がした。


〝憧れの専業主婦〟となり数カ月が経つ頃には、比奈は〝憧れ〟が単なる憧れだったことを痛感した。時間がないからできないと思っていたことは、実は時間があってもできないこと、やりたくないことだった。たまにするなら楽しい料理も毎日きっちりとなるとうんざりしてくる。比奈が仕事をしていた時は、もう少し自立していた礼も、比奈が家にいるようになった途端、家のことを何もしなくなった。〝私はお手伝いさんじゃない〟。行き場のない怒りを感じつつ、家事分担する理由がないだけに、比奈はやりがいを感じない単調な家事をやりながら、生き甲斐になるであろう我が子の誕生を待ちわびた。

そして、幸いにも比奈の不満が爆発する前に、その時は来た。

真冬にしては暖かい穏やかな日、比奈は女の子を出産した。名前を〝花〟と付けた。

ああ。本当に可愛い！

ふにゃふにゃして頼りないのに、ぐんぐんおっぱいを飲む力強さ。飲んだ後は飲んだままにおっぱいの匂いをぷんぷんさせ、満足そうに目を真一文字に閉じて眠る。そんな姿を見ていたら、今までの不満が取るに足らないことに思え、心の中は感謝の気持ちでいっぱいになった。

花。生まれてきてくれてありがとう。
私はあなたがいればもう何もいらないわ。
妊娠がわかった時、礼は本当に嬉しそうだったなぁ。
大好きと思える人との間に子どもも授かって、私はなんて幸せなんだろう。
本当に、心から幸せ。幸せ。幸せ。
神様ありがとう。

比奈は一人静かに涙をこぼした。
外は風が強く寒々しい様子だったが、比奈がいる産院の一室は暖かく整えられ、外の景色はテレビに映っている風景のように自分とは関係のない世界のように感じられた。その心地良い空間と、一緒に花を見てくれる看護師さん達がいる環境のお陰で、比奈の産後は完璧だった。が、それはほんの数日限りのことで、退院後、自宅に帰ってからが本当の育児のスタートだった。

寒～！

当然のことながら、二十四時間セントラルヒーティングの産院と違って、常に暖かくないのが自宅。夜中の授乳はこたえた。厚手のフリースを羽織り、靴下を履き、花を毛布にくるみ、二〜三十分おっぱいをやって寝かせたと思うとその数十分後にまた泣き声。

布団から出るのがつらかった。またフリースを着て、靴下をはいて……。隣で朝までぐっすり眠れる礼がうらやましかった。

噂には聞いていたけれど、新生児の世話は本当に大変。あまりに細切れで起こされるため、母になってひと月目には、もう自分が起きた時が朝なのか夜なのかもわからなくなっていた。〝目の回るような忙しさ〟と言うが、睡眠不足と不規則な生活が体を直撃。本当に目が回ることがしばしばあった。

そんな比奈とは対照的に、淡々と日常を送る礼。花が泣こうがわめこうが、時間になったら会社に行き、帰ってきたらご飯を食べて、お風呂に入って布団の中で朝まで眠る。

専業主婦に憧れていたけれど、今は外に出られる人がうらやましい。なんて自由なんだろう。なんて無責任なんだろう。こんな生活もう嫌だ。私が外で稼いでくるから、家のこと、子どものこと代わってよ。外で働く方がどれだけ楽か。
今や比奈の思いはそんな風に変わっていた。

「ヒナ、だいぶ疲れてるね。大丈夫？」

「大丈夫じゃないけど、しょうがないじゃない。私しかいないんだから。」

妊娠・出産は、ジェットコースターのように大きなアップダウンで、感動と疲労を比奈にもたらした。

相手の重さ

比奈は相変わらず花の世話に追われ、礼はいつも通り会社に行く。形は変わらないが、比奈の心の中は変わっていった。

〝この人と結婚できて本当によかった〟

そう思った瞬間があったことが嘘のように、今は礼の存在が疎ましかった。私はこんなに大変なのに、なんで彼の面倒までみないといけないの？　彼の服を洗濯するのも嫌、ご飯を作るのも嫌。

そんな比奈の気持ちに気づくこともなく、礼の言葉は淡々としたものだった。

「スーツ、汚しちゃったんだよね。クリーニング出しといてくれる？」

（自分のことぐらい自分でやって！）

「メガネどこに置いたかなぁ。」

（自分のものくらい自分で管理して！）

ストレスがピークに達した頃、比奈は熱を出した。三十九度。

それでもまだ気づかない礼の言葉は、とうに限界を超えた比奈に追い打ちをかけるものだった。


「花の面倒、オレが代われたらいいけど、おっぱいはあげられないからなぁ。とにかくゆっくり寝てなね。オレのことはいいから。」

(オレのことはいいから?!)

比奈はあきれた。

情けなさからか涙がこぼれた。


「ねぇ、ラニ。男の人って、父親になっても変わらないもの？　奥さんがこんな状態なのに……子ども過ぎるでしょう？」

「ヒナ、あなたの気持ちはよくわかるわ。私も女性だから。」

比奈の顔は熱と怒りで火山のように真っ赤になっていた。

「ねぇ、ヒナ。人生って、つまるところ〝二択〟なんだよ。何と何の選択だと思う？」

「私が思う二択はね、〝幸せでいるか、誰かといるか？」

「ははは。ヒナは今それを選ぼうとしていたの？　〝幸せでいるか〟〝不幸せでいるか〟。」

「それって、自分で選択できることじゃないでしょう。そりゃ、誰だって幸せを選択したいと思うけど、どんなに〝幸せでいよう！〟と心に決めても、自分じゃ不可抗力の不幸に見舞われることもあるでしょ。そんな時はとても幸せとは思えないし……だから幸せを選択できるとは思えない。」

「ううん。選択できるよ。少なくとも自分の直面している現実から、幸せに繋がる〝行動〟を選択することはできる。

鍵になるのは、〝どこにピントを合わせるか〟。

ヒナが、礼のことを〝育児協力ゼロの夫。妻のことに思いが及ばない未熟な人。〟と見れば、自動的にヒナは可哀相な奥さん、不幸な人になるよね。それはヒナが自分で作っているストーリーなんだよ。もしヒナが、彼のことを〝育児協力をしない夫〟ではなく、〝家計を支えてくれる人〟として見たら、どう？　もし彼がいなかったら、家事・育児に収入を得るための仕事もしないといけない。その場合を考えたら、彼の見方が変わってこない？」

「……確かに、いない方が楽と思っていたのは、ちょっと……反省。」

「簡単に反省するとはいい生徒ね。でも、私は反省させたくて言ったんじゃないわ。ヒナが彼に腹を立てる気持ちもよくわかるし、善き妻でいるためのレッスンをするつもりもない。ただ、見方を変えるだけで、自分が楽になることを知っておいてほしかったの。

〝ピントをどこに合わせるか〟、それは、〝感謝のポイントがどこか〟を探せばすぐにわかるわ。

本当はものすごくありがたいことでも、それに慣れっこになると、人って感謝することを忘れちゃうのよね。だから、感謝し忘れていることはないか、そこをちゃんと観る。それができていたらピントはボケないわ。」

「〝感謝のポイント〟かぁ……。うん。わかるよ。頭ではわかる。だから、生活を支えてくれてる彼に対してもっと感謝しなきゃ、って思うよ。でもさ、だからって……生活費さえ稼いでくれれば何でも許されるってわけじゃないでしょ？　いくら自分が大変だからって、新生児抱えて熱出して、アップアップの奥さん横目に、パパになる前と変わらないって……冷たいよ……。信じられない。」

高熱でもともと潤んでいた比奈の瞳は今や涙でいっぱいだった。

「そうだね、ヒナ。あなたが言うとおり、頭でわかっても、心はまた別だよね。頭と心が一致しない時は、心の方を大切にしてほしい。

究極、やっぱり、幸せでいるか、不幸せでいるかの二択だと思うよ。だから〝どうしたら幸せに通じるか〟を意識して、行動を選択することは賢明だと思う。でも、やっぱり人には心や感情があるもんね。感情を無視して、機械的に結論にはたどり着けない。

自分の気持ちを偽ってまで、波風が立たないところへピントを合わせるのは無理だし、それをする必要もない。表面的な対処、単なる帳尻合わせは長く続かない。自分自身を最後までごまかし通すことはできないから。だから、感情にフタをして、見て見ぬふり、気づかないふりはしない方がいい。それが〝幸せを選択する〟ための第一歩、スタートラインね。」

「じゃあ、感情はどうしたらいいの？」

「感情との付き合い方は、閉じ込めるか、爆発させるかだけじゃないわ。ただ感じる、その中にいるということだってできるの。波立つ気持ちを無理やり落ち着かせようとすると、反発が起きて逆に波に飲まれるから、感情の波が荒立った時は、まずは止まって、時間や距離をおいてみればいい。止まりながら解決策を考えるのもＮＧよ。考えるんじゃなくて、ただ感じる。あ〜、私は今、ものすごく怒ってるなぁとか、ものすごく悲しんでるなぁとか……。そうすると、どうなるかは、自分で体験してみて。何にせよ、試してみるの。〝習うより慣れろ〟よ。実践あるのみ。最初はうまくいかなくても練習練習。」

日常こそが、一番の学びの場。礼との日々で〝幸せでいる〟ための比奈の練習が始まった。

古代ハワイアンからのメッセージ

〝誠実さ〟とは、相手に対してではなく、まず自分に対して。

誰しも自分の中に、
〝子どものように本能のままの自分〟
〝成長している現在進行形の自分〟
〝仙人のように卓越した自分〟

色んな自分が存在する。それらは全て、本当の自分なのだ。自分の一部を否定したり押し隠そうとせず、湧き上がってくる内側からの声、感情に素直に耳を傾けてみる。
一〇〇%オープンに自分としっかり関わると、認めたくない醜い自分・汚い自分も出てくるだろう。そういう自分から目を背けず、さらに優しく受け入れてみる。

そんな風に、自分から逃げず自分を迎え入れることが、つまり自分に誠実であるということだ。この宇宙で〝唯一無二〟の自分を軽んじてはいけない。

自分に対して誠実であって、初めて人にも誠実でいられるのだから。


誠実さとは、二人でいても〝唯一無二の自分〟に対して忘れてはならないもの

LANI'S LESSON

自分の感情を大切にしましょう

湧き上がる自分の感情を大切にしましょう。
自分を傷めつけたり、拒絶したり、もみ消したりすることなく、
自分の心の声に耳を傾けてみましょう。

心の声をキャッチする

ちょっとストップして「今、自分が何を考えているか」「何を感じているか」に意識を向けてみましょう。

なんとなくザワザワしている、なんとなくイライラしている、なんとなくソワソワしている、その“なんとなく”を感じてみましょう。

私たちには五感があります。

視覚　何が見えていますか
聴覚　何が聴こえていますか
嗅覚　何かにおいはしますか
触覚　あなたが触れているものはどんな感じでしょう
味覚　あなたが口にするものは何を味あわせてくれるでしょう

五感を使って、自分の今の状態を感じてみましょう。

キャッチ&リリースで
自分に誠実でいられたら、
相手にも誠実でいられるはず！

心の声をリリースする

キャッチした心の声は、分析したり解決策に頭を悩ませることなく、ただそのまま受け止めましょう。
そして、自分が望むタイミングでリリースしましょう。

例えば、
紙に書き出す
声に出す（＝叫ぶ）
話す（＝放す）
クッションなどを思い切り叩く

自分に合うやり方で、行き場がなく滞ったエネルギーを外に解放しましょう。

第4章

ha'aha'a

謙虚さ

人を魅了してやまない
〝知っている人〟の特質

自分は自分、相手は相手

今朝、礼は今日も飲みで遅くなると比奈に告げ会社に行った。比奈はため息。

「花が寝た時、〝今だ!〟と思って、お風呂に入ってもね、急に起きて大泣き始めたりするでしょ。大人が私一人だとたった十分程度のお風呂も落ち着かないのよ。そんな私の苦労も知らず、パパは飲みたい時に飲んで、のんきなもんよね～。」

思わず愚痴も出る。

「ヒナ、ものは考えようよ。礼がいないんだから夕飯も適当に済ませればいいし、今日は久々にまるまる遊んじゃえばいいよ。」

「確かにそうだね!」

比奈の顔が明るくなった。

比奈の一番の望みは、ガッツリ寝ることだけれど、寝ては起きてを繰り返す花のそばで、残念ながらそれは叶いそうもない。が、「花を連れて、行きたいところがあったの。」と比奈はかねてから行きたいと思っていたところがあるという。それは、「アフタービクス」なるものの教室。なんでも産後のママ達のためのエアロビクスだそうだ。

「もうずっと運動してなかったから、思いっきり体を動かしたかったの。アフタービクスなら、赤ちゃんが一緒でオーケーだから。」

そう言うとそそくさと支度を整え、外に出た。比奈が自分の楽しみのために外出するのは、産後初めてのことではないか。

「やっぱり家の中にこもりきりはよくないね。お化粧して電車に乗るだけですごい気分転換になるわ〜。」

教室に行くだけでも喜んでいた比奈だったが、行ってみたら自分と同じような産後の女性達との時間に刺激を受け意気揚々、その交流は比奈を充分に活気づけた。

その晩、外出で疲れたのか花はよく寝た。

比奈も礼を待つことなく早く寝た。穏やかな静かな夜だった。


自分は自分。相手は相手。自分だけの世界、楽しみを持つ。人との関わりの中で生きているからこそ、この割り切りはとても大切だ。楽しむことに罪悪感はいらない。自分が楽しんでいれば、余計なことに目がいかないから、過干渉でパートナーに不快な思いをさせることもなくなり、満足感で優しくもなれる。実に平和だ。恋人だから、夫婦だからと、何でもかんでも共有する必要はない。真のカップルとは、個として立っていられる者同士のペアのことを言うのだ。

毎日の過ごし方だって、どちらかが相手に合わせる必要はない。

お互い、それぞれの魂が喜ぶように日々を過ごせばいい。〝一人で満足、でも二人でいるとまた違った楽しさがある〟、そういう関係でいられたら人生はバラエティに富んだ味わい深いものとなる。そのための鍵となるのが「思いやり」だ。

それぞれが個を発揮し、自由になることは歓迎すべきことだが、自由と身勝手は紙一重。糸の切れた凧にならず、一人の時間・相手といる時間、それらがバランスのいい状態であるために必要なのが、〝思いやる気持ち〟だ。

「思いやり」という言葉は、あまりに日常的に、頻繁に使われ過ぎているので、とりたてて意識することはそうないだろうが、リアルに感じてみてほしい。

気軽に使われる地味な言葉だが、「思いやり」は「永遠の愛」に不可欠な要素だ。

「愛が永遠」であるとするなら、それはエネルギーを注ぎ続けた結果。

ピピー　カ　ヴァヒエ　ホオヌイ　カ　プルプル

《Pipi ka wahie, ho'onui ka pulupulu.》

〝ゆっくり燃える薪には火種を足そう〟

ということわざがハワイにはある。努力し続けることの大切さを伝えるものだ。エネルギーを注ぐことなく放っておけば、愛の炎は燃え尽きる。つまり、愛を永遠のものとするも、一時のものとするも自分次第で、永遠に愛の炎を灯し続けたいならば、燃料を要し、その燃料こそ「思いやる気持ち、そこから派生する行為」なのだ。

もし相手に思いやりの気持ちさえ持っていられたら、いつまでも新鮮な恋人同士の二人でい続けられる。時と共に形は変わっても。

当然のことながら、恋人として、配偶者として結ばれた者同士は、ビジネスパートナーではない。そんなことはわかっていても、きれいごとばかりではいかない現実生活は、二人の関係をビジネスライクへ変貌させることもある。そんな関係になることを防ぎ、さらに、相手に攻撃的になった時や被害妄想に走りそうになった時のストッパーになってくれるのも、「思いやり」だ。

そもそも、価値観も能力も才能もそれぞれ異なる二人、お互い理解できないことがたくさんあって当然だ。もどかしさやはがゆさ、時に幻滅を感じる時もあるだろう。そんな時にでも、思いやりの気持ちを持ち続けるために活用したいのが、「想像力」だ。

自分の持っている想像力を最大限に発揮して相手の立場を感じ、相手に同情(＝同調)してみる。

相手が体験していることを、もし自分が体験したらどう感じるだろう。

自分が相手に口にした、もしくは口にしようとしている言葉を、もし自分が言われたらどう感じるだろう。

真剣に丁寧にその作業を行った時、自分の取る行動は何か変わってきはしないか。二人の関係に潤いは生まれないか。想像力を発揮し、相手の立場に立つことを、やる・やらないで自分の行動が変わってくることを実感するだろう。

とは言え、どんな方法を駆使しても一番身近な人に「思いやり」を持ち続けるのは難しいものだ。どうして自分はこの人と一緒にいるのだろう。自分にはもっといい人がいるはず……と嘆きたくなる時もあるだろう。でも、だからこそ、パートナーシップの学びは深く、その体験は、魂の成長にジャンピングチャンスを与えてくれるのだ。

比べること

翌日、礼を機嫌よく見送った比奈は、またアフタービクスの教室に向かった。

そもそもその教室は、花を出産した産院がやっている教室で、その産院で出産した人のレッスン参加は無料。経済的に負担がないのも手伝って、比奈は週に二～三回は通うようになっていた。そして自然と友達も増えた。

「ねぇねぇ、久々井さん、今日レッスンが終わったら家に来ない？　家、この近くなの。一緒にお昼でも食べようよ。」

「うわぁ！　嬉しい！　是非、お邪魔させて。」

思いがけない誘いで、レッスン後訪れることになった友達の家は、最近できた大型のマンションで、オートロックの玄関をくぐるとロビーが広がり、まるでホテルのようだった。

「素敵なマンションね～。」

「立派なのは、ロビーだけよ～。家は狭いし散らかってるからびっくりしないでね。」

初めての〝ママ友達のお家〟訪問。比奈はワクワクしながらその友人の後について行った。

エレベーターを降り、しばらく進んだ角部屋の前で彼女は止まり、玄関のドアを開けた。

すると、奥から「あ～、お帰り～。」の声。びっくり。旦那さんがいたようだ。

「ご主人がお家にいるとは知らなかったわ！　お邪魔しちゃっていいの？」

「ああ、うちのパパは仕事の時間が不規則だから、昼間家にいることが多いのよ。気にしないでね。パパがいるとランチ作ってくれるから、むしろ私はパパがいる時に友達を呼ぶことが多いんだ。」

彼女は、玄関に出てきた旦那さんに比奈を紹介した。

「アフタービクスで一緒の久々井さん。」

「いらっしゃい。どうぞ～。」と、彼は気さくに比奈をリビングへ促しつつ、奥さんの抱っこ紐から我が子を自分の腕に移した。

その仕草の自然な様子から、いつも彼がそうしていることがうかがえる。身軽になった友人は、比奈にスリッパを差し出し、にこやかにほほ笑んだ。

「どうぞ。上がって。」

リビングは確かに散らかっていたけれど、そこには暮らしの匂いがあり、今、旦那さんがそこにいる、何とも言えない安定感が感じられた。

「ははは。本当に散らかってるでしょ？　空いてるところに適当に座っててね。今、パパがお昼作るから～。」

テーブルの上の新聞やら、コップの類をざっとどかすと、彼女は旦那さんから我が子を抱き戻し、いすにどかっと座った。

「ふぅ。疲れたねぇ。」

彼女は普通にくつろいでいるだけなのだが、比奈には新鮮、というか衝撃的な光景だった。常に花と二人でいる比奈が、自宅で人に〝責任〟をパスしリラックスしたことがあっただろうか？


「優しいパパだねぇ。家のことやってくれて、子どものことも見てくれて。」

「え？　別に普通だよ～。」

「いやいや、普通ってことないよ。うちなんて全～然。手伝ってくれないどころか、子どもが二人いるみたいだよ。」

「久々井さんのご主人は、大手の会社にお勤めだもんね～。忙しいでしょう。うちの旦那は遊んでんだか仕事してんだか。とにかく家にいる時間が多いから、家のこともしてもらわないとね～。」そんな話をしているうちに……。

「お待たせ～。」

旦那さんが慣れた手つきで三人分のお昼ご飯を運んできた。

「すごい！　オムライス！　こういうの作れるんですか～。」

「いや～、おいしいかどうかはわからないですけどね。」

「私が作るよりおいしいことは確かだよ。さあ、食べよう。いただきま～す。」

友達の家で過ごした帰り道。比奈の顔は暗かった。

「どうしたの？　ヒナ。なんか落ち込んでるようだけど。」

「え～？　色々考えてたの。もし礼さんが、さっきの旦那さんのようなタイプだったら、今私が抱えている不満は、全部なかったんだろうなぁって。どうしてああいうタイプの人と結婚しなかったんだろう……。」

「あ～、なるほどね～。隣の芝生は青いってやつね。」

「そうかなぁ。」

「そうよ。ヒナは、友達夫婦の一つの側面しか見てないでしょ。旦那さんが家にいて、家のことをやってくれるって、嬉しい面もあると思うけど、逆にやっかいな面もあると思うよ。自分のやり方でやりたいのに相手のやり方を押しつけられたり。」

「そうかもしれないけど……。」

「完璧な人なんていないわ。マイホームパパで、家族に優しくて、仕事もできる、一見パーフェクトに見える人でも、限りなく欠点の少ない人に見えたとしても、やはり非の打ちどころはどこかにあるものよ。深く関わらないから見えないだけ。人を表面的に見て、あの人だったらよかったのに～って自分のパートナーを嘆くのは浅はかだわ。

パートナーは、自分が成長するために必要な人。〝自分のパートナー〟だからこそ、自分の何が活かされるか、そこを観ないと。

例えばヒナの場合、パートナーは、ほとんど家にいない人。だからヒナは何でも一人でやらないといけなくて、大変だから不満も出る。でも、彼に不満があるからこそ、〝彼と自分、二人の世界で完結〟しない。パートナーに満たされないというのは、不幸なことのように思えるけど、そうじゃない。満たされないからこそ、意識が外に向くでしょう？

それがヒナに必要なこと。ヒナの魂が求めていること。今は花のことで忙しくて、意識を外に向けるどころじゃないと思うけど、時がくればわかるわ。相手が礼のような人だからこそ、ヒナは自分の世界が持てる。自分を磨ける。ヒナが輝くために、礼のような旦那さんである必要があるのよ。よその夫婦と比べてもしょうがないわ。」と、説教くさいことを言ってみた。

が、今の比奈の耳には右から左。頭でわかっていても、単純に友人がうらやましく思えるのだろう。

自分が帰った時に、お帰りと言って迎えてくれ、子どもを抱き取ってくれる人がいる。それだけでどれだけくつろげることか……。


比奈はいつも通り、誰もいない家に入り、抱っこ紐から花を降ろした。抱っこさえされていればご機嫌なのだが、降ろした途端、案の定、花は泣き出した。その泣き声にイラっとして、抱きとめてくれる人のいない自分の状況が悲しくなった比奈の目は潤み始めた。そして……、

「泣くな！　うるさい！」

比奈の口から今まで聞いたことのない言葉が飛び出した。

花はますます激しく泣いた。

比奈も泣いた。

古代ハワイアンからのメッセージ

真の謙虚さは〝自分が他者からの恩恵・見えない力に支えられ生かされている〟それが分かって生まれるもの。

日本人は感謝の気持ちを表すのに〝有り難い〟〝お陰様〟という言葉を使うが、これは謙虚な人の根底にある〝何かしらのサポートによって生かされている〟という思いに等しい。

つまり謙虚な人は感謝の気持ちを併せ持つ。

感謝・謙虚さがあれば傲慢にはならない。パートナーとの関係もうまくいく。そのパートナーシップに重要な〝謙虚さ・感謝〟を見失わせるのが〝比べること〟だ。ふと誰かと比べ、自分の幸せが色あせて見えてしまった瞬間、不満が生じ、傲慢になる。そうならないために心に留めておきたいことが、「自分は自分。相手は相手。」という感覚だ。

他の誰かと比べることなく、自分を磨いていられたら、輝きを失うことはない。そして輝いている人から離れる人はいないものだ。

謙虚さは、人を魅了してやまない
〃知っている人〃の特質

LANI'S LESSON

自分の内側にもともとある謙虚さを
目覚めさせましょう

この場合の「謙虚さ」というのは、
頭で考え、形作った外見上の“腰の低さ”ではありません。
意図せずとも自然に謙虚な気持ちになれる
体験をしてみましょう。

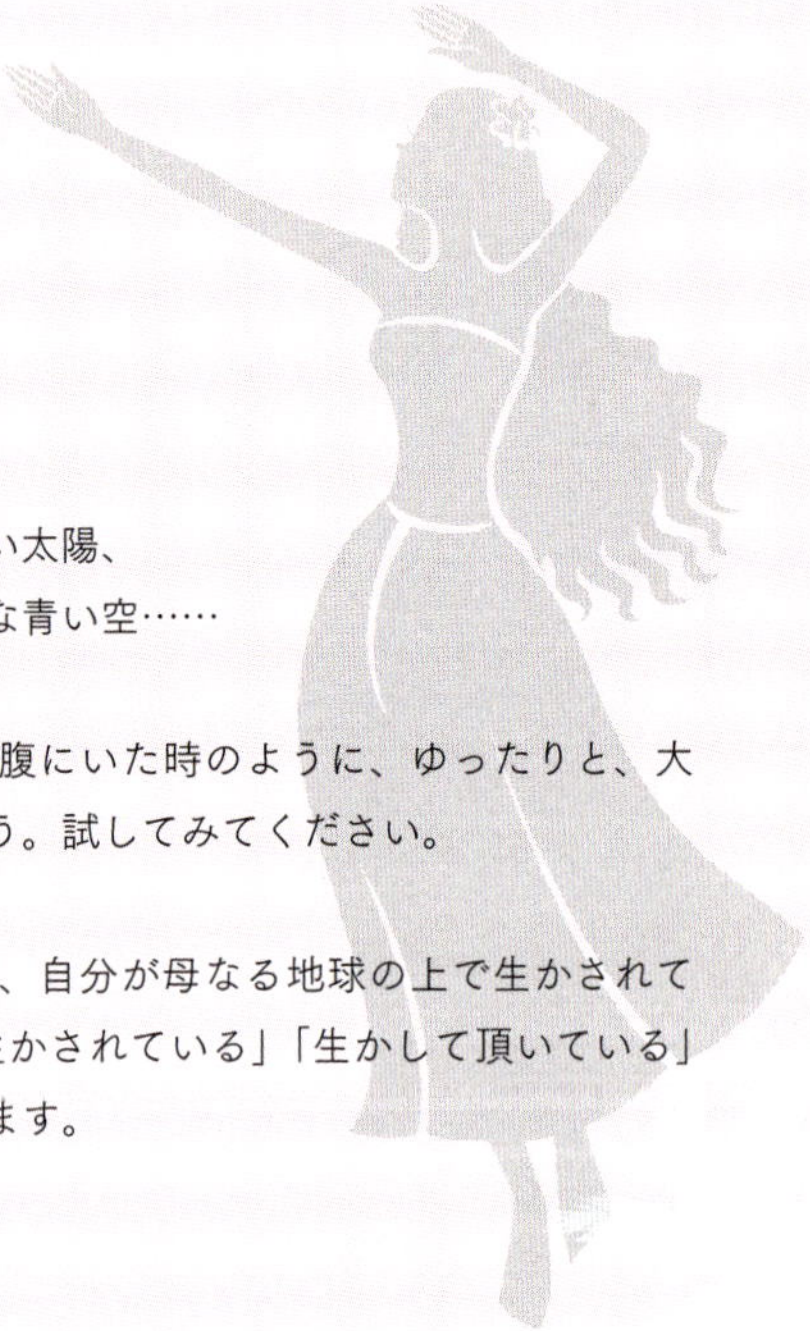

大自然に身を置く

大らかな大地、光輝く水、暖かい太陽、
肌を通り抜ける風、抜けるような青い空……
その中に身を委ねましょう。
きっとあなたは、お母さんのお腹にいた時のように、ゆったりと、大自然の無限の力を感じるでしょう。試してみてください。

大自然の無限の力を体感すれば、自分が母なる地球の上で生かされていることがわかるでしょう。「生かされている」「生かして頂いている」
その思いが自然と人を謙虚にします。

感謝の気持ちでハートを満たす

まず、“やろうと思えば簡単にできるけど、やっていない”ということを探してみましょう。

例えば、
自分のためにお金を使う
昼寝をする
行きたい所に行く
食べたいものを食べる、など

人との関わり、自分が置かれている環境によって無意識にも自分に制限をつけてしまうことはよくあることです。

自分にどんな制限をつけていますか？
自分に許可していないことは何ですか？

それを見つけ、制限をはずしましょう。
自分に許可を与えましょう。

そうすれば、あなたはより自由に豊かになるでしょう。当たり前のことに感謝を忘れるのはままあることですが「到底無理だ」「できない」と思い込んでいたことができた時には、喜びはひとしお、その時あなたのハートは“感謝”を感じずにはいられないでしょう。感謝は人を謙虚にします。

第5章

ahonui

忍耐

〝愛〟の別の側面

事実は、想像とは異なり

赤ちゃんと過ごす一日はあっという間で、〝今日はとても夕飯を作る時間がない！〟という日は多いものだが、それでも何とかなるもので、比奈が夕飯を用意しなかった日はなかった。けれども、友人夫婦を垣間見た直後、比奈はとても夕飯を作る気になれなかった。でき合いの惣菜を買いに行く気にもなれなかった。雑然とした部屋にいら立ちながら、何も手に付かず片付けられない。時間ばかりが過ぎていくうちに、礼が帰ってきた。

「ただいま〜。」

いつもならスッキリ片付いているはずの部屋の乱雑な様子に、一瞬礼が〝あれ？〟という顔をした。

「ごめん。今日、ちょっと体調悪くて、家のことができなかった。」

「そうなんだ。大丈夫？」

「うん。」

「ご飯は？」

「作ってない。」

「そうじゃなくて、比奈、食べた？」

「ううん。」

「じゃあ、オレ何か買ってくるわ。何がいい？」

「え……。何でもいい。」

「了解。じゃちょっと待ってて。」

そう言うと、礼はさっと玄関の方へ向き直り、スーツのまま買い出しに、また家を出た。


「びっくり。前に熱を出した時、『オレの心配はいらない』とか言われたから、今回もそのパターンかと思ったら……。まさかこういう展開になるとは。」

「ははは。本当。結構、人は何も考えずにその時の気分で言うから、毎度同じとは限らないものよ。」

比奈の嬉しそうな、ほっとしたような表情が印象的だった。私に体があったなら、比奈を撫でてあげたかった。よくがんばってるね、えらいねって抱きしめてあげたかった。

〝お母さん〟は大変だと思う。一人の人間の命を守り、育んでいるのだから大変なのは当然かもしれないが、そばに暖かい手、優しい目があればどれだけ救われるだろう。

「ねぇヒナ、これからもさ、夕飯作りが大変だったらさぼっちゃえばいいよ。夕飯作りに限らず何でもモロモロ。

今日ヒナはお友達の旦那さんがご飯を作るのを見て、ああいう旦那さんだったらいいのに、って思ったでしょ？　ああいう旦那さんだったら自分一人で抱え込まずに済んで、もっと気持ちにゆとりが持てるのにって思ったでしょう？　でもね、旦那さんのタイプは関係ないよ。どんなことでも、〝他にやる人がいないから〟という理由でヒナがやる必要はないんだもん。〝誰もやってくれないから、私がやらなきゃ〟ではない。ヒナは、ヒナがやろうと思ったことだけすればいいんだよ。『私はできない、だから礼さんやって』、じゃ礼もうんざりしちゃうでしょ？相手をうんざりさせてまでやってもらわなきゃならないことなんてそうそないものよ。目先のことより、二人の関係を大切にね。」

「うん。」

その後二人は、礼の買ってきたお弁当を仲良く食べた。

〝事実は、想像とは異なるもの。〟

過去の経験から、きっとこうなるだろうと勝手に予想して先を憂うのは取り越し苦労というものだ。

人の行動は〝その時その状況だったから、そうなった〟というだけで、毎度同じとは限らない。自分も相手も変化する。〝出会った当初と別人〟というのは、望ましくない変化だけではなく、その逆の場合も大いにあり得る。時間の経過や経験する出来事が、人を成長させるからだ。

時に、嫌なパターンを繰り返す相手に見切りをつけたくなることもあるかもしれないが、〝どうせ変わらないと諦める〟と同時に、〝もしかしたら変わるかもと楽しみに待つ〟という選択肢があることも忘れないでほしい。

ただ、〝相手の変化を楽しみに待つなんて冗談じゃない！〟という場合もある。その最たるものが、男女の関係を一瞬にして険悪なものに変える、いわゆる〝相手の浮気〟だろう。

〝事実〟は当事者から語られる他なく、客観的に見ることが難しい。それは〝浮気された〟と思う側の心を妄想に駆り立て、容赦なく傷つける。

〝事実は想像とは異なり〟、そんな冷静なスタンスではいられない苦しいパターンだ。

自分がその状況になったら、どうするだろう。

〝激怒する〟

〝泣きわめく〟

〝責め立てる〟

どれもその時のその人にとっての正解だ。

愛している相手が別の人を想っている。自分を愛してほしいけれど、相手は自分を見てくれない。どんなにつらく、やるせないだろう。受け入れ難い地獄のようなものだ。

けれど、残酷なようだが、それでもやはり、常に自分の自由が利くのは、自分自身に対してだけなのだ。その事実を受け入れ、次に進むためには、高次の自分でいること。

忍耐を〝我慢〟ではなく、自分が生まれて来た最高の目的、霊性を高めるための〝イニシエーション〟と受け止められた時、苦痛は苦痛ではなくなるのだ。

ハワイへ

花は元気よく育った。少々元気が過ぎたようで、比奈にしてみれば、怪獣と暮らしているような毎日だったが、いつのまにか二年の月日が経っていた。

育児の大変さの中で自分自身のバランスを取るため、比奈は早めの職場復帰を願っていたが、職場や託児所の諸事情で、比奈は子育てに専念する流れとなっていた。そんな毎日を送るうちに比奈のお母さんぶりも板につき、その顔は今やすっかりお母さんの顔、しっとりと落ち着いていた。

そんな時、礼からこんな提案があった。

「あのさ、来月有給消化で、まとまった休みをとっていいことになったんだ。せっかくだからどっかいかない？」

「え？　旅行ってこと？」

「うん。結婚したばかりの時は、二人とも仕事してたから新婚旅行どころじゃなかったし、その分、今、花も連れて行けるようなところに行くのはどうかな。」

「うわぁ！　すごい嬉しい！　まさか旅行に行けるなんて！　思ってもみなかったわ！」

「どこがいい？」

「……ハワイ！」

こうして久々井家のハワイ行きが決まった。

私も比奈の肉体と共にハワイに帰れる！　こんなに嬉しいことはない。

ハワイ！　私のハワイ！

二月。

寒い日本から飛び立ち、私達はハワイの大地へと降り立った。

飛行機を降り、到着ゲートへ。空港出口から一歩出たら、外の空気が私の透明な体へ……。

風が違う。甘い花の香りをたっぷり含み、空の青さを吸収した密度の濃い風。芳醇で豊かなのに、凛としたクールな風。

ああ、なんてパワフルなんだろう。ハワイだ。ハワイに帰って来たんだ。大地の、水の、空のエネルギーが満ち満ちている。同じ太陽なのにここではなんて熱いんだろう。

アロハ（愛）やマナ（力）が体の奥からこみ上げてくる。マハロ（感謝）が溢れ、全身を揺さぶる。

けれども、思った通り、いや思った以上に私の降り立ったハワイは、私の知っているハワイではなかった。が、ダイヤモンドヘッドがビル越しに見えようと、ハワイはハワイ。聖なる風に吹かれ、人々は息を吹き返す。自然と呼吸が深くなる。礼と比奈の顔にも明るさと輝きが蘇った。

「ハワイファンが多いわけだよね。なんだかいるだけで元気になれそう。」

「来てよかったな〜。」

花が危なっかしくもスタスタ歩くので、立ち止まってゆっくりとはしていられないが、花を追いかけながらも非日常の刺激を全身に受け、礼と比奈の心はハワイの中へと気持ちよく解き放たれていった。

ワイキキビーチの辺りをのんびり歩いていた時、比奈は大きな石をみつけた。

「うわっ。なんだろね?!　この大きな石、というか岩かな?　四つもあるよ。」

「柵があるくらいだから、特別な石じゃないの?」

「あ、なんか説明書きもある。すごい、これ癒しの力がある魔法の石だって!」

「へぇ〜、いわゆるパワーストーンってやつかな?」

「そう言われてみると、なんかすごいパワーがあるような気がしてくる。」

人で賑わうワイキキビーチのすぐそばでひっそりと佇むその「魔法の石」ごしに、花を抱っこした比奈と礼は海を見た。

沈みかけた太陽が、真昼よりも眩しいくらい海面をキラキラと輝かせ、深みのある穏やかな光が、神々しい風景を目の前に惜しみなく呈していた。

長い沈黙が保たれた。

そこに言葉はいらなかった。

太古の昔から共有してきた一つの共通の意識にそれぞれが繋がり、何を語る必要もなく感じ合えた。

朱色の太陽……。その光を含み、複雑な深みを映し出している海……。海と共にあり、絶妙な色彩で静けさや安らぎに満ちている空……。そこに舞う五感を刺激する多彩な風……。風に揺れる木々の息吹……。その息吹と戯れ、喜びに震える自然全体……。


はぁ、もう何もいらない。

ただここにいるだけで充分……。

何とも言えない高揚感、恍惚感に身を委ね、〝その瞬間〟は礼と比奈の細胞の奥へ奥へと染み渡っていった。


「ハワイに、神様は……いるね。」

思わずそんな言葉が礼の口から出た。

「……本当にそうだね。」

比奈の頬に涙が伝っていた。

余韻に浸りながら、三人はゆっくり歩き出した。

「そろそろ夕飯どきだね。どこかレストランに入ろう。」

礼の提案に、ほどなく目に入った海岸沿いのレストランに入ることにした。そのお店はＢＧＭにハワイアンミュージックが流れるゆったりとした空間で、大きく開かれた窓越しに美しい夕焼けを見ることができた。

三人は席に着き、礼と比奈はメニューを覗いた。先ほどの一体感がまだ冷めやらぬ二人。

柔らかい表情でメニューを見ている姿は、初々しく出会った当初が思い出された。

「ハワイって何がうまいのかなぁ？」

「なんだろうね～。海のものかな？　でもアメリカだから、やっぱりお肉かなぁ。」

三人でちゃんとしたレストランに入ったのは、今回が初めてかもしれない。メニューを見るだけでワクワク。何を頼もうか、こんな些細な会話も嬉しさに声が高くなる。

至福の時間が流れていた次の瞬間、切り裂くような花の悲鳴！

「ギャ〜！」

ドキっとして、花を見るとイスの下敷きになっている！

「花!!」

比奈は倒れているイスを払いのけ、慌てて花を抱き上げた。額が青紫に腫れているが、それがよく見えないほど血が噴き出している。

二人がメニューに気をとられている隙に、どうやら花は少し大き目の子ども用のイスの上でバランスを崩し、転倒。仰向けに倒れた体の上にイスが落下し、その下敷きになったようだった。おそらく、落ちてくるイスの角が額を打ったのだろう。

（私が目を離したからだ！）

幸せな気分は一変、比奈の心は瞬時に罪悪感でいっぱいになった。

「花！　ごめん！　花、ごめん！」

「そんなことはどうでもいいから！　早く、病院！」

店の中は騒然。礼は比奈から花を抱き取り、レストランを出ようとした。そんな礼をレストランの店員が、救急車をすぐ呼ぶから待っているようにと呼び止めた。礼はうなずき、静かに力なく座った。その体は震えていた。比奈はとりあえず礼の隣に身を置いていたが、その顔は魂が抜け落ちたかのように生気がなかった。

そばにいた女性が素早く比奈にかけ寄り腕を回し、背中を力強くさすってくれた。「大丈夫、問題ないから！」と励ましながら。

その手の温かさに反応したかのように、閉じることを忘れていた比奈の目から涙がボロボロボロボロボロこぼれ出した。


そうこうしているうちに救急車は到着し、花を抱えた礼と比奈は乗り込んだ。

二人は無言だった。

まさかハワイでこんなことになるとは……。

あんなに輝いていた時間のすぐ後で……。

花は救急車で応急処置を受け、病院に着くとすぐさま外科に運ばれた。額からの流血が怪我を重傷に見せていたが、数針縫えば済む程度の外傷だった。

処置はわずかな時間で終わり、ほっと一安心。もう帰っていいとのことだったが、三人は病院のロビーに座り、しばらく休んだ。座って落ち着くと、あまりの唐突な出来事にいかに体が硬直していたかがよくわかる。体のあちこちが痛かった。

花は眠っていた。花を抱っこしている比奈と礼は、イスの背もたれに体を預け自分の体の重さを感じていた。

「ごめんね。私がちゃんと見てなかったから。」比奈が静かに言った。

「そんなのオレも同じだよ。二人の子なんだから。」

なにげない礼の一言、普段の比奈ならその言葉に「ありがとう」と返しただろうが、我が子の一大事の衝撃はあまりに大きく、比奈の精神状態は当然普段とは違っていた。礼のその一言に、礼への怒りが比奈の腹の底からフツフツと湧き出した。

「二人の子……？　でも、礼さんが花といる時間は私の百分の一くらいだよ。」

ぼそっと出た自分のその一言に、比奈のスイッチが入った。

母親になってからこの二年間、一人でどれだけ頑張ってきたことか。あなたは何も知らないでしょう？　普通の毎日を送るその陰で、私がどれだけ努力してきたか……。何も知らないくせに。花の面倒はすべて私任せで何の責任も気負いも感じてこなかったくせに！


比奈の思いは爆発し、言葉となって口をついた。

「……二人の子？　確かにそうだけど、一緒に育ててる感じはないよ……。」

「え？　どういう意味？」

「赤ちゃんを育てるって、ものすっごく大変なのよ。そのプロセスに参加してないパパに二人の子って言われると……。確かに二人の子どもだけど……。なんか聞き流せない……。」

礼は反射的に言った。

「子どもを育てるってさ、二人で一緒に世話することだけじゃないだろ。それぞれ役割があると思うけど。」

その言葉に比奈が瞬時に反応する。

「でもさ、パパは花が生まれる前も後も全然変わってないじゃない？　私の生活がこれだけ変わったんだから、パパだって少しは変わってもいいと思うけど、子どもが生まれる前も後も全く同じ毎日なのに、育児参加してるって言える？」

「はぁ？　オレにもっと花の世話しろってこと？　外で一〇〇％力を使って帰ってきて、家に帰ったら子どもの面倒もみろ？　それじゃ、オレもたないよ。」

「別に何も頼んでないじゃない。ただ、やってないのにやってるみたいに言わないでほしいだけ！」

比奈の激しい声に周りの空気が震撼した。

次の瞬間、その場は凍った。その静けさを切るように礼は言った。

「……台無しだわ。」

礼のその一言で会話は終わった。最後の一言を聞くなり、隣で泣き出した比奈の〝動〟と、面倒くさそうに動かなくなった礼の〝静〟が対照的だった。

こういう光景を目の当たりにすると、改めて男女の違いを実感する。男性、女性それぞれの質。

女性は、物事を「線」で見るのではないか。

色々なプロセスがあっての「これ」、そういう視点で物事が見れるからこそ、人に共感したり同情したり、情状酌量ができる。情緒豊かな潤いのある女性の質感は、こういった視点の賜物《たまもの》だと思うが、焦点となっている事柄以外のことも論点に入ってきてしまうので、感情の整理が難しくなり、収拾がつかなくなることもある。

一方男性は、物事を「点」で見る。過ぎた出来事に固執しないので記念日や思い出を忘れ、女性をがっかりさせることがあるものの、ピンポイントで物が見れるだけに、話が逸れることもなくサバサバと前に進める。

それぞれに一長一短あり、どちらがいいも悪いもない。そう割り切れたら良いのだが、実際は、相手に理解してほしいと自分を主張したり、自分は正しい、相手は間違っていると攻撃したり、ということが起こる。

特に女性は物事を線で見るだけに、そのプロセスをシェアすることなく、次には進めない。つまり、〝言わないと気が済まない〟で、多くを語り過ぎる傾向にある。

ハワイアンは、

イ　ヘヴァ　ノ　イ　カ　ヴァハ

《**I hewa no i ka waha.**》

〝失敗は口の中にある〟

というが、口は災いの元。わざわざ相手が気を悪くするようなことを言わなくても……と思うのだが、そういう訳にはなかなかいかないものだ。

比奈の堰《せき》を切って溢れ出た言葉を発端に、二人はいっきに険悪なムードとなった。

礼は席を立った。そしてその場から離れて行った。

「ヒナ、前に言ったよね。人生は二択。〝幸せ〟でいるか、〝不幸せ〟でいるか。このままハワイでの時間を嫌な雰囲気のまま過ごすの？」

「……それは嫌だけど、でも今言ったことは本当の気持ちだし……険悪なムードが嫌だからって撤回はできない。」

「前、ヒナが自分でやったじゃない？　自分の悪いところだけ謝るって方法。あれは？」

「気持ちが落ち着いたらできるかもしれないけど、今はとてもそんな気分じゃない。」

「……じゃ、しょうがないね。せっかくのハワイ旅行が嫌な思い出に終わりませんように……。」

私のその言葉を最後に、しばらく沈黙が続いた。


「……ラニ、ラニが私だったらどうする？」

「そうね……。ヒナが考えてみて。マスターだったらどう行動するか？」

「マスター？」

「そう。ヒナにわかりやすく言えば、キリストや仏陀、マザーテレサのような人。」

「……なんだか話が大きくなってるね。」

「そんなことないわ。イメージしやすいようにマスターの例を挙げたけど、ヒナの中にもマスター、最高の自分はいるんだから、そこに繋がればいいだけ。マスターになったつもりで、マスターならどう考えるか想像してみて。」

「マザーテレサなら……こんなことでケンカはしない……。」

「はははは。そうかもね。でも、したとしよう。で、した後どうしたと思う？」

「う～ん……。やっぱり待ってはいないと思う。自分で行動したと思う。何をしたかはわからないけど……。」

「うん。私も自分から動くと思う。相手は変えられない。変われるのは、常に自分、だもんね。私、さっきの様子を見てて思ったんだ。やっぱり男女は物の見方が違うって。追求していっても、平行線でずっと交わらないこともあるだろうなって思う。だからね、〝私を理解して〟〝自分の非を認めて〟っていうのは……エゴだと思う。今のヒナには厳しいことを言うようだけど……。自分と同様、相手も自由。相手がどう考えて、どう反応するかも自由だから。〝私が怒るのは当然、悪いのはあなた〟というのは……エゴだと思う。」

「……そんなこと言われたら、私もう礼さんに何も言えないよ。」

「言うのが悪いとは言ってないわ。大事なのは、言い方、そして、どこまで言うか。私ね、相手との間には、それ以上踏み込んではいけない境界線があると思うの。

相手は自分の所有物じゃないから、相手の存在を尊重して、いくらパートナーであっても、これ以上は入っちゃいけないという立ち入り禁止ラインがあると思う。」

「……それは確かにそうだと思うけど……。なんか淋しい……。所詮、他人って感じで……。」

「でも、実際のところ、もし礼が『お互いのことを常にわかり合っていたい。オレの言うことを全部理解してくれ。』って、平行線が交わるまで話し合いを求めてきたらどう?」

「……勘弁してほしい。」

「ははは。でしょう? そういうこと。だから相手の態度や考え方に納得いかなくても、相手の言葉に腹が立っても、これ以上突っ込んだら相手の存在、聖域を侵すことになると感じるところから先には踏み込まない方がいいと思う。

日本には〝綱引き〟って競技があるじゃない? 綱引きには、ここまで引っ張ったら勝者決定、それ以上は危険だから引っ張ってはいけませんってラインがあるよね。優勢が決まったらそれ以上は、攻めない。これは優しさ。相手への思いやり。素晴らしいルールだと思うわ。〝窮鼠猫を噛む〟という言葉通り、人は追いつめられると逆上して何をするかわからない。だから、止《とど》めを刺すまで攻撃しない。これは自分を守ることにもなる。でもまぁ、それ以前に、お互いに好意を感じてスタートした二人。止めを刺し合う関係になんてなりたくないものよね。」

「もちろんそうだけど……。可愛さ余って憎さ百倍じゃないけど、好きな人だからこそ、何かあった時すごく感情的になるし、過剰反応しちゃうし、他の人にならしないようなひどいこともしちゃう……。」

「そうそう。だからね、夫婦なんて、ほんと脆《もろ》いものよ。〝愛憎は紙一重〟で、長年連れ添って苦楽を共にした二人でも、ふとしたことでそれまで積み重ねてきたものがガラガラと崩れ落ちる。

でも、その紙一重の〝愛〟と〝憎〟、どちらのモードにスイッチを入れるか、そのコントローラーは自分が握っていると思う。だから、今ヒナは礼に対して〝憎〟にスイッチが入っているけれど、自分の意思で〝愛〟に切り替えることもできるのよ。」

「でも……どうやって？」

「そのやり方はね、まず、客観的に見るの。自分の感情やフィルターはひとまず置いておいて、冷静に、映画かドラマを見るような感覚で、問題勃発のシーンを巻き戻し再生して見てみるの。

いくよ。

ヒナは、礼に〝やってないのに、やってるみたいに言わないで。〟と言いました。ここでストップ。この時礼は何て言った？」

「それぞれの役割があるって……。」

「そうよね。礼は、育児参加を〝自分がしっかり働いて経済的に支えること〟だと思ってるんだから、育児参加してるつもりだったのよ。」

「……私的には参加してもらってる気全然しないんだけどね。」

「そう、そこ！　ヒナが自分サイドから見たら交わりようがない。そこを客観的に見るのよ。

もしヒナが言われた方だったら、どう？

例えば礼の価値観が〝働く＝お金を得ること〟で〝お前は働いてない〟って言っ

てきたら？」

「腹立つ！　家事育児は、会社で働くよりしんどいこといっぱいあるもん！　収入なくても、仕事してないなんて言われたらムカつくわ！」

「ははは。だよね。ヒナが礼に言った〝育児参加してない〟という言葉は、礼がヒナに〝お前は働いてない〟と言った場合と同じくらい、礼には腹の立つことだったんじゃないかな。」

「……そっか。そう考えると、礼さんが怒るのも無理ないね……。」

「どう？　客観的に見たら、とりあえず〝憎〟スイッチはオフになった？」

「……うん。」

「じゃあ今のヒナが、最善と思うことをしたらいいわ。
イ　ホレ　イア　ノ　カ　イエ　イ　ケ　カウ　オ　カ　ラー
《**I hole ʻia no ka iʻe i ke kau o ka lā.**》
〝タパ叩きを彫るのは、日が高い時〟
つまり、やれる時にやれることをしないと、やりたくてもできなくなるという意味。今やれることは、今やらないとね。」

私のその言葉を聞いて比奈はゆっくり身を起こした。寝ている花を起こさないように、そっと……。以前の経験から、待っていれば礼が動くタイプでないことを比奈はよくわかっていた。兵糧攻めに弱いのは比奈の方で、待つことが一番消耗する。

〝動こう〟。そう思ったのだろう。比奈はそのままゆっくりと立ち上がり、礼のいなくなった方へ歩き出した。

礼はすぐに見つかった。病院の出口の階段に腰掛けていた。

「礼さん……。」

比奈は声をかけた。礼がゆっくり振り返った。怒りややるせなさが入り混じった複雑な表情だった。

「ごめん！　私どうかしてた！　気が動転して、ここまで言ったら礼さんが傷つくとか、考えられなかった……。」

「……本心ってことだろ。」

「……確かに、まるっきり本心じゃないって言ったら嘘になるけど……あそこまで礼さんのこと悪く思ってないよ。」

「なんかショックだったよ。家族を支えてるつもりだったから……。」

「支えてもらってるよ！」

間髪いれず突発的に出た一言の語気が、その言葉が比奈の本心であることをまっすぐに礼に伝えていた。

次の瞬間、少し柔らかくなった礼の表情に、比奈はほっとした。そして、礼の隣に座った。

すると礼は花を抱き取った。花は依然としてよく寝ている。

「花、重いもんな。抱っこして座ってるだけでもけっこう疲れるわ。」

「そうだね。」

比奈が笑った。

「あのさ、さっきハワイのマッサージの看板見かけたんだ。〝ロミロミ〟って書いてあった。あれ、受けてきたら？　オレ、花のこと見てるから。」

「え？　いいの？　ロミロミってオイルマッサージみたいだよ。服を脱いで受けるものだから、クイックマッサージみたいに二〜三十分とはいかないと思うよ。もし花が起きたら大変……。」

「いいって。オレがたかだか小一時間、我が子の面倒が見れないわけないだろ。」

「ふ〜ん……。マッサージが小一時間でも、行って帰ってなんだかんだ含めたら、二時間位になっちゃうかもよ。それでもいい？」

「大丈夫だって！　任せとけ！」

「わ〜い！　ラッキー！　じゃ、よろしくお願いしますっ！　行ってきま〜す！」

足取りも軽く、比奈は二人から離れた。


「ラニ、さっきまであんなに落ち込んでたのが嘘みたい！」

「そんなもんよ。人は誰でも、創造主。自分で自分の世界が創れるのよ。これは、ヒナが創った現実。多いに楽しんで来てね。ハワイのロミロミは本当に、身も心も緩むから生まれたての赤ちゃんみたいになれるわよ。」

「うわ〜。楽しみ！」

比奈は羽が生えたように軽やかに、メインストリートを駆け抜けた。

古代ハワイアンからのメッセージ

〝忍耐〟、何に対してするか。それは、何か起きた時、即反応したがる自分に対して。

気持ちが爆発しそうになった時は、とりあえず深呼吸。ちょっと我慢して止まってみる。ちょっと辛坊して客観的に見てみる。そうすれば、軽率な行動で望まない結果になることが避けられる。

〝忍耐〟ができるかどうかが、相手と愛ある関係でいられるかどうかの分かれ道となるだろう。なぜなら〝忍耐〟は、できれば避けたいものだからだ。それができるかどうかで試される。

「自分は我慢したくない。いつも自分だけ満たされたい。」それを愛とは言わない。つまり、忍耐は、愛の別の側面とも言える。

忍耐は、苦痛を連想させるかもしれない。それが自己犠牲であるなら、確かに苦痛を伴うだろう。けれど、誰かのために捧げられた忍耐は、自己犠牲のレベルではなく〝無償の愛〟。そこに苦痛は存在しない。そのレベルに達した忍耐とは、愛の真髄〝喜び〟なのだ。

忍耐とは、愛の別の側面

LANI'S LESSON

高次の自分になる！

「忍耐」のワークとは、忍耐力をつけるためのワークではありません。
「忍耐」＝「苦痛」と感じなくなる
“高次元の自分”になるためのワークです。
基本となるのが、「人生はお芝居」という考え方。
「人生はお芝居」＝“現実をバーチャルリアリティとして生きること”
ではありません。
前出の通り、現実を創っているのは自分。
だから、ある意味全てが“作りもの”です。
お化け屋敷でお化けを見ても、
作りものだから大丈夫と安心していられるように、
自分の人生も、自分が創っているから大丈夫、
その視点でいられたら、
つまり、「人生はお芝居。私は役者。」
その感覚でいられたら、
それはあなたが“高次元の自分でいる”ということ。
高次のあなたでいられたら、
「忍耐」は、「自己犠牲」でも「苦痛な我慢」でもなく、
あなたが体験する多くの出来事の
単なる一つであることがわかるでしょう。

「これはお芝居。私は役者。」

この言葉を口癖にする。

何か嫌なこと、受け入れ難いことがあった時は、「これはお芝居。私は役者。」この言葉を言ってみましょう。そして、不快な現実は単なる"自分の創り物"であることを思い出し、自分の創ったもので弱るのは滑稽だということに気づきましょう。自分の創り物によって消耗してしまった時は、大自然や宇宙から力がどんどん流れ込んでくるのをイメージしましょう。この習慣は、忍耐を苦痛と感じない高次の自分になるためにとても効果的です。

呼吸法を活用する

怒りや動揺によって感情が高ぶっている時、人は呼吸が浅くなります。心のあり様と呼吸の深さは密接な関係にあるので、呼吸を整えることは、心を整えることに効果的です。一日一回でも意識して、"息を深く吐き、深く吸う"ということをやってみましょう。呼吸によって得られる深いリラックス状態が、高次の自分でいることを助けてくれるでしょう。

アロハ・エンジェル　最後のレッスン

比奈は、メインストリートから少し離れた小綺麗な建物の一室、〝ロミロミ〟と書かれた部屋のドアを叩いた。中から、ポリネシアン特有の大きな瞳が際立つ美しい女性が現れた。よくやけた褐色の肌、腰まで流れる黒髪が特に目を引いた。どこかで会ったことがあるような気がした。

彼女は、身ぶりで比奈を部屋の中に誘った。

風が通る清々しい部屋だった。素朴な木のぬくもり。天井のファンがゆっくり回る以外、動くものは何もない。

部屋の中央に置かれたベッドには白いシーツが一枚かかっている。余分なものが何一つない洗練されたその部屋は、オイルの香りがほのかに漂い、外から聞こえる波の音や小鳥のさえずりがひときわ心地よく耳に響いた。

服を脱いだ比奈は、彼女に促されるままベッドに横たわった。うつ伏せに寝て顔が触れたシーツは、よりオイルの香りがたっていた。その香りをかいでいるだけで深い眠りに落ちそうだった。

それから間もなく、比奈の足元から何か、祈りの言葉のようなものが聞こえたかと思うと、その女性は、ゆっくり比奈の頭の方へと周り、ロミロミが始まった。肩から腰へと、両手でオイルが伸ばされていく。その女性の手のひらは比奈の背中をしっかりと捉え、ぴったりと密着して、滑らかにすべっていく。

その女性の熱い手。正確に言うと、手が熱いのではなく、彼女の手と比奈の体の間にある〝何か〟が熱いようだった。その熱が、皮膚から体の深いところへとじんわりと伝わり、それと同時に比奈の息がだんだんに、ゆっくり、深くなっていった。比奈の心の声が感じ取れる。

……私はさっき、

何で泣いていたんだろう？

何を怒っていたのだろう？

今こんなに静かで穏やかで

満たされているのに……

波の音も除々に遠くなっていくようだった。

比奈が気づいた時、辺りは暗く、大きな白いキャンドルの灯りが一つ、ガラスの皿の上で揺れていた。

「ふふふ。よく眠れたみたいね。」

比奈がベッドに寝たまま声の方に目を移すと、先ほどの女性。でも、その声は、私！

「ヒナ、まだ気づかない？　今までロミロミをあなたにしていたのは、私だったのよ。」

「……まさか……ラニなの？」

「そう、ラニよ。」

「え？　どうして?!」

「私も驚いているの。あなたとここに来た時、私はまだあなたと共にいた。ところがあなたがロミロミを受けているうちに気づいたのよ。〝彼女〟は〝私〟だって。」

「……意味がわからないわ。だって、彼女は彼女で、ここでサロンをやって、彼女の暮らしを送っていたわけでしょ？　その間、ラニは私といた……。なんで彼女がラニなの？　私の時みたいに、ラニ、今度は彼女に乗り移ったの？」

「ははは。乗り移ったって、おばけじゃないんだから。

あなたの時、私は自分の体から魂だけが抜け出た感じで、言ってみれば、私はあなたの守護霊みたいなものだった。

あなたという人間がいて、あなたをサポートするためにそばにいた天使だった。」

「ラニが、天使？」

「そう、愛を教える〝アロハ・エンジェル〟。」

「……アロハ・エンジェル……。」

「そう。でも、ロミロミを受けているうちにいつの間にか私は、彼女の体の一部となりそのうち全体となった。何の違和感もなく、私は彼女だった。」

「え？　ってことは、私、目の前のラニと離れたら、もうラニと話せなくなっちゃうの？」

「……現実的にいったら、イエスね。」

「そんなのやだよ！　だったら私、ずっとここにいる！」

「何をばかなことを言ってるの。花のお母さんが。」

そう言って私は、比奈を抱きしめた。

「ああ、ヒナ。私はずっとあなたを抱きしめてあげたかったのよ。こうやって。」

体がある。触れられる。なんて幸せなことなんだろう。

「ヒナ、しっかり聞いてね。最後のレッスンよ。」

そう言うと私は、比奈の背中にそっと触れ、部屋の窓際にある椅子へと誘った。

私も座った。

外はすっかり暗くなっていて、開け放たれた窓からも景色は見えない。けれどロミロミを始める前と変わらない波の音……。しばらくの間、自然が奏でる過不足ないその完璧な調べに身を委ね、二人の時間を噛みしめた。

そして私は口を開いた。

「いい、ヒナ。最後のレッスン。

これから先のことはわからない。

もし何か大きなことが起きて、礼のことがどうしても嫌になったら、別れなさい。

結婚したからといって一生一緒にいなきゃいけないわけじゃないわ。むしろ、〝別れる〟ことの方が、一緒にいるよりも大変なこともある。だから、〝別れる〟ことが楽な道に進むことではないし、自分の高潔さ、神聖さを守るために、別れた方がいい場合もある。〝別れる〟ために費やされるエネルギーを引き受けてでも別れたいと思うのなら、それはそうする必要がある時なんだと思う。二人の間に起きるべきことが起きて、レッスンが終わったから別の道を歩くことになった、ただそれだけ。その時は、新しい門出を心から祝福するわ。

でもね、ヒナ、こんな短い間の中でもたくさんのことを経験してきたでしょう？　別れたくなるほど礼のことを嫌いになったこと、何でこんな人と結婚しちゃったんだろう？　って思ったこともあったわね。そしてその都度、あなたは真剣に考えた。本気で向かい合った。

〝パートナーと毎瞬毎瞬を生きること〟

それがパートナーシップの〝全て〟よ。結果は、その次のこと。

一緒に生きているとね、どうしても理解できないこと、時には軽蔑に値するようなことを相手がすることもあるわ。そんな時こそ、レッスンだということを思い出してね。感情に飲みこまれず、とりあえず踏みとどまってみて。人との関わり、特に男女の関係においては、理屈は通用しない。いくら自分の主張が正しくても、そして相手がそれを認めたとしても、自分の言い方、やり方で相手のハートが閉じてしまったら、ジ・エンド。

人との繋がりで肝心なことは〝正しい〟より〝楽しい〟よ。

これからの時代、大切なのは、自分も楽しい、相手も楽しい〝ウィン‐ウィン〟の関係であること。結婚したら、その人に一〇〇％で、ずっと一緒にいなければいけない、という訳ではない。〝適度な距離は、愛〟よ。

〝至近距離だからこそ生じる様々な対峙を乗り越えてこそ本物〟という発想から、親しい人達の間では、膨大なエネルギーが費やされてきた。そのほとんどはエゴのエネルギー。最初は、〝相手とより良い関係でいるために〟から始まるんだけどね、感情を伴って、純粋なエネルギーを保ち続けるのは難しいもの……。

でも、相手に思い知らせてやれるなら、自分がいくら損してもいいとか、その逆に自分がスッキリするなら相手がいくら傷つこうがお構いなしというような、競争の時代はもう終わったわ。戦わなくていい。相手も自分も心地いい、そういう状態でいるためにバランス、距離を取る。それがこれからの時代の〝愛ある人との関わり方〟。

もうずいぶん長い間、男女同権、男女平等、歴史は男女差を埋めるために動いてきたわね。でもどんなに時代が進化しても、例えば、〝子どもを宿せるのは女性の体〟というように、いにしえから変わらない男女の役割があるでしょう。女性の役割は、受け取ること。男性の役割は、与えること。それはギブ・アンド・テイク、そんな味気ない関係ではなく、〝循環〟という最も自然で崇高な宇宙の原理に叶った型。ひとたび循環が始まれば、どちらが与えるも受け取るもなく、二人で一つ、歓びのただ中へと入れるわ。

循環のスタートは女性から、受け取るためにまずは与える。

何を？

〝全て〟を。

相手を信じて、明け渡し、委ねる。そんなのあり得ない?!　と思うかしら？

でももし、自分が受けた性、お役目にあらがうことを辞めたなら、想像をはるかに超えた途方もない豊かさが、あなたの人生にどっと押し寄せてくることを覚えておいてね。」


比奈の目は潤み始めていた。私はもらい泣きをしないよう話を先に進めた。

「思い出してね。礼といて楽しいと思った瞬間を。その瞬間って、理屈じゃなかったでしょう？　どんなに自分が輝いて、ハートが開いていたことか。その感覚を忘れないでね。一緒にいる時間の長さは関係ない。出会って間もない時でも、長年連れ添って老夫婦になった時でも、〝二人でいて幸せ〟その感覚にアクセスできる感性があれば、いつでも恍惚とした瞬間に入れるから。

恋する感性を保つのは、簡単なことよ。幸せな記憶にスイッチを入れるだけ。それは別に二人の幸せな思い出を思い返すことではなく、例えば、ワクワク・ドキドキさせてくれる映画やドラマを見たり、音楽を聴いたり、身につけているだけで気持ちが高まるような綺麗な服を着てみたり。大好きな香りに包まれたり、気持ちのいい外の空気を思いっきり吸ってみたり……。挙げたらきりがないけど、とにかく自分の周りに既にある〝幸せ〟に、自分のプラグを繋ぐだけ。そうやって感性を磨いていられたら、人生に恋していられたら、いつでもフレッシュでいられるわ。パートナーの一方がフレッシュなら、一緒にいる相手も感化される。いつまでもいい関係でいられるわ。

アロハ　マイ　ノ　アロハ　アク　オ　カ　フフー　カ　メア　エ　オラ　オレ　アイ

《Aloha mai no, aloha aku; o ka huhū ka mea e ola ʻole ai.》

〝愛は廻る。怒りは何も生み出さない〟

愛し合い、思い合っている二人は本当に美しい。
美しいヒナでいてね。誰といるにしても。」

私のその長い言葉を味わい噛みしめ、深くうなずき、比奈は立ち上がった。そしてくるりと向きを変えるとドアの方へと進み、部屋から出ていった。

比奈が泣いているのはわかっていた。比奈は今まで本当によく泣いた。

けれども今、泣き顔を見せる前に後ろを向いたことに、比奈の別れの決心を感じた。比奈は私から離れていったのだ。

そして、愛する家族の元へと戻っていった。

エピローグ〜これから先の二人へ

ぼ〜っとしている頭を、ロミロミで緩んで若干重く感じられる体に据え、比奈は海岸沿いを歩いていた。

海は暗くて見えない。ただ、相変わらず波の音が一定のリズムで、繰り返し聞こえてくるだけだった。

規則正しい間隔で並んだ街灯の灯りを一つ一つなぞるように、比奈はホテルへと向かった。

初めて来た街。見知らぬ風景。異国の人とすれ違い、耳にするのは英語。だからと言って、危険を感じることはなく、比奈に何の不安もないだろうが、

「あ。」

心底、ほっとした様子。目の前に、花を抱いた礼がいたのだ。

「暗くなってきたから、大丈夫かなぁと思って。」

「迎えに来てくれたの？」

「そう。」

「心配ないのに〜。礼さんより英語できるし。」

「心配はしてないよ。ただ、三人で散歩したいなぁと思っただけ。」

「ありがとう。」


私はこっそり、三人を見送っていた。ありきたりに見えてかけがえのない〝今〟を生きている三人を。

比奈、これからもきっと色んなことがあると思うよ。そんな時は、ＡＬＯＨＡの学びを思い出してね。そして、比奈にはいつも笑っていてほしい。女性が笑っていられたら、地球は大丈夫。全てが大丈夫だから。

今改めて、比奈、そして全ての女性に伝えたい。

思い出してね、自分の力を。

私達は一人一人が女神。

透き通った水のように、ゼロ、本来の自分に戻れたなら、頑張らなくても、なめらかにしなやかに、喜びと祝福とともにその生（性）を生きられる。

鎧を脱いで裸になれば、あなたは楽にくつろげる。

神殿であるあなたの体で、感じて、笑って、自由に舞って、あなたのステージを楽しんでほしい。


そしていつかあなたが光の世界に戻る時、「あ〜、楽しかった」と笑ってほしい。

そのために生まれてきたのだから。

メ・ケ・アロハ・プメハナ

ケ・アカ・フリ・ラニ

ラニからのメッセージ
忘れないでね〝ALOHAの学び〟

〝小さい時はできなかったけれど、大人になったら当たり前にできるようになっていた〟ということが色々あるはず。自転車に乗れるようになったことや、台を使わなければ取れなかった高い所の物を手を伸ばすだけで取れるようになったことなど……つまり、成長すれば、大変だったことが大変じゃなくなる。

＝成長は、人生を生きやすくしてくれる。

みんなが成長して、心にゆとりができたならお互いを傷つけあったりしない。

世の中どれほど平和になるか。楽しくなるか。

だからみんなで成長しよう。目標は、〝ALOHA〟

人に優しく、思いやりを持って、調和を大切に、謙虚で忍耐強い私になる。

ＡＬＯＨＡ、その一文字一文字には古代ハワイアンが脈々と語り継ぎたい哲学が刻み込まれているけれど、難しく考えないでほしい。考えるその前にただ感じてほしい。

ＡＬＯＨＡ、愛・宇宙・森羅万象を。

大地の女神ハウメアのように、悠然と
火山の女神ペレのように、灼熱のハートで
風の女神ラアマオマオのように、流れに遊ぶ

そうすればあなたの中にもともとあるアロハ・スピリットは自然に輝き始める。

この美しい地球でのあなたの人生が、輝きを放つ〝あなたの望むもの〟でありますように。

おわりに

最後までお読みくださりありがとうございました。

……私事ですが、私は夫と出会ってから、もうじき二十年が経とうとしています。結婚記念日は十三回を数えました。

彼と出会った当初の私は、未熟な今よりさらにずっと未熟で、感情的で不安定でした。それが、古代ハワイアンの叡智が綴られたマナカードや、円熟した素晴らしい方々との出会いに恵まれ、学ばせて頂くうちに、気づけば彼との関係は、今の方が安らぎに満ち、時間の経過とは反比例して新鮮さも増していたのです。

もし一連の出会いがなく、私があの時の私のままだったら……。今の私が体感している〝彼といる幸せ〟を体感できていたかどうか……。そう思った時、私が学ばせて頂いたことを多くの人とシェアしたい！　という思いが込み上げ、このストーリーが生まれました。

この物語に、私が学んだ古の智慧、宇宙の法則をふんだんに盛り込みました。

パートナーシップの形は、カップルの数だけあってどれが正解、どれが不正解というものではありませんが、私がつづった物語がどなたかの〝誰かと幸せに生きる〟のお役に立てたなら、これほど嬉しいことはありません。

最後に、拙著出版に関わってくださった全ての方々に御礼申し上げます。叡智の扉を開くきっかけを作ってくれた広部京子さん、円熟したお人柄で私の霊的成長をサポートしてくださった石原彰子さん、この原稿を目に留め、本にしてくださった名取理恵さん、荒削りだった私の物語を本の原稿へと導いてくださった後藤信子さん、ハワイのマナ溢れるお写真を惜しみなくご提供くださった山口ナナ子さん、ご自身の存在・マナカードを通して私にＡＬＯＨＡスピリットを教えてくださったアロヒナニ先生、皆様のご尽力に心から御礼申し上げます。

この本を通してご縁を頂いた全ての方々、
そして私のパートナー広行さんに心からのＡＬＯＨＡを。

二〇一二年十月　草野千穂

【参考文献】

アロヒナニ著「マナとアロハがよくわかる ハワイアン・スピリチュアル入門」毎日コミュニケーションズ

キャサリン・ベッカー著／新井朋子訳「マナカード～ハワイの英知の力」ホクラニ・インターナショナル

シャーロット・バーニー著／丸子あゆみ訳「フナ―古代ハワイの神秘の教え」ダイヤモンド社

MARY KAWENA PUKUI「ʻŌLELO NOʻEAU：HAWAIIAN PROVERBS & POETICAL SAYINGS」
BISHOP MUSEUM PRESS

本書※印の箇所は、「マナカード～ハワイの英知の力」からの引用です。

なお、本書は膨大な智慧の宝庫・古代ハワイアンの文化・哲学のごく一部を題材に、現代の人達に伝えたい物語にアレンジした筆者の創作であることをお断り申し上げます。

著者　草野 千穂（くさの ちほ）

1974年　東京都北区　妙見寺に生まれる。二児の母。
マナ・カード（＝ハワイのセラピーカード）セラピスト。
チベタンヒーリングにも惹かれ、チベット体操インストラクターとしても活動中。
前著に「ママとこどもへ天使からのメッセージ」（新日本文芸協会）がある。
ブログは「草野千穂の Simple Slow Spiritual な毎日」。
http://ameblo.jp/chiho0223/

定価はカバー表示

"ALOHA" に秘められた
ハワイアン・スピリチュアル 5つの智慧
アロハ・エンジェルが導く パートナーと出会い 幸せになる方法

2012年10月25日　初版発行

著　者　草野　千穂 ©
発行者　田村　雄
発行所　株式会社 アルマット
〒171-0042 東京都豊島区高松 1-11-15 西池袋 MT ビル 601
TEL：03(5966)8427　FAX：03(5966)8578
URL：http://www.arumat.com
発売所　株式会社 国際語学社
URL：http://www.kokusaigogakusha.co.jp
振替：00150-7-600193
印　刷　日経印刷 株式会社

カバー写真提供・推薦文：アロヒナニ（http://alohinani.com）
カバー写真撮影：石塚勉
本文写真撮影：山口ナナ子（http://mana-growth-place.jp）
引用文献：「マナカード　ハワイ英知の力」を学ぶ機関
マナ・カード アカデミー（http://www.hokulani-intl.co.jp/ManaAcad.html）
企画協力：後藤信子
編集・制作：名取理恵

Printed in Japan 2012.
ISBN 978-4-87731-646-4